人间一趟，
快乐至上

李梦霁 著

图书在版编目（CIP）数据

人间一趟，快乐至上 / 李梦霁著. -- 北京：中国友谊出版公司, 2024.10. -- ISBN 978-7-5057-5973-2

Ⅰ. I267

中国国家版本馆CIP数据核字第2024A40F17号

书名	人间一趟，快乐至上
作者	李梦霁
出版	中国友谊出版公司
发行	中国友谊出版公司
经销	新华书店
印刷	天津睿和印艺科技有限公司
规格	880毫米×1230毫米　32开 6.5印张　97千字
版次	2024年10月第1版
印次	2024年10月第1次印刷
书号	ISBN 978-7-5057-5973-2
定价	49.80元
地址	北京市朝阳区西坝河南里17号楼
邮编	100028
电话	（010）64678009

如发现图书质量问题，可联系调换。质量投诉电话：（010）59799930-601

人生近看或许有诸多不如意之处,但如果把目光放长远,都是幸运,皆是欢喜。

如果可以在不伤害他人的前提下,
把自己的感受放在第一位,尊重自己的内心,
很多事情就都变得简单了。

我们按照自己的意愿,
只说真话,不低头,不攀附,不谄媚,
依然能过好这一生。

能按照喜欢的方式,
活成自己,追寻自己真正想要的,
本身已是一种勇敢。

因为每一个女性,在成为妈妈之前,首先要成为自己。

年轻的女孩都应该明白,人性本就是复杂的多面体,
好看的皮囊具有相当的迷惑性,
却终究容易逝去。

一个人的风骨、心中的正义与善念,
才是其真正可交的底线。

人生是一场注定向前的旅行,
如果你一直在做自己喜欢而非他人期待、要求的事,那么你的这场旅程,
必将明媚、独特且丰盛。

原来，能被人坚定地选择，
不衡量利弊，不计得失，远胜过一切浪漫。

当你身处困境时，
要坚信，如果没有等到你想要的结局，
说明这还不是最终的结局。

你唯一要做的，就是等，
咬着牙，熬下去，别放弃，
相信时间会给你想要的一切。

人美在骨不在皮,
与人相交,底色远比外在更为重要。

目录 Contents

推荐序　深深的海洋，你为何不平静_____ 001

Part 1　保持热望，总会抵达

29岁不上班，我在寺庙当义工　015
想要的已得到，更好的还在路上　024
勇敢的人先享受世界　037
你不必过"二手人生"　047

Part 2　在你自己的时区里，一切准时

人生本过客，聚散皆随缘　063
拒绝可爱，生来傲慢，绝不低头　074
少年之恶　084
春日迟迟再出发　093

Part 3　　所有美好如期而至

认真地年轻，优雅地老去　105

关心粮食和蔬菜，也关心世界与未来　115

永远自由自我，永远高唱我歌　124

选我所爱，爱我所选　134

Part 4　　人间一场惊蛰雨

活成自己，已是一种勇敢　143

随缘而遇，随遇而安　154

好好在乎你自己　159

与人相交，底色远比皮囊重要　171

后记　你是自己的命运与福祉 —— 181

推荐序

深深的海洋,你为何不平静

> 深深的海洋,你为何不平静?不平静就像我爱人,那一颗动摇的心……
> ——《深深的海洋》

一叶扁舟起伏在浩瀚、深蓝的太平洋上,我望向身边的女儿,脑海里回荡着这首《深深的海洋》。

是啊!我最爱的这个人儿,有着一颗"不平静而动摇的心",像永远不知倦怠,爱折腾,爱远行,不惜一次次将自己"置之死地后生",遍尝艰辛,初心不改。

我20多岁成为一名记者,回顾30余年的职业生涯,"读万卷书、行万里路"一直是我的座右铭。可惜我的万卷书、万里路只开了个头,倒是女儿,用行动诠释了我的座右铭——从小博览群书,22岁走遍中国,30岁环游世界,她做到了我没做到的事,很了不起。

行万里路时,她知道我喜欢旅游,总想着带我一起去,我很感动。细想来,女儿带我远足看海已有3次,一次比一次遥远,一次比一次难忘。

01 海南治愈之旅

8年前,我的身心遭受巨大打击,做手术、贫血、牙齿脱落、更年期提前,加之老母亲离世,精神萎靡,生活能力都开始退化。

彼时,女儿在广州读大学,本应是孩子气十足的小娃娃,却总是担心我,恰好她所学专业涉及很多实用的心理学知识,常为我排忧解烦。她学以致用,放假回家喜欢跟我分享知识——心理疗愈的方法、断舍离的新理念、家庭系统排列等等,给我做正念练习、催眠练习。我愿意接受新知识,听得津津有味,落实得一丝不苟。

推荐序　深深的海洋，你为何不平静

2016年3月的一个夜晚，当我再度在电话中长吁短叹，女儿果断地说："跟我去海南吧！"

此去，与其说是旅行，不如说是治愈自己。

我们住在海边，白天在沙滩上晒太阳，夜晚枕着涛声入眠，从窗口望出去就能欣赏到海上日出；作为长期生活在内陆地区的游客，我们每天必去海鲜市场，各色鲜鱼鲜虾过足了海鲜瘾；在天涯海角、鹿回头拍美照，去南海拜观音，在《非诚勿扰》取景地一睹秦奋和笑笑"试婚房"的原貌，在热带植物园近距离接触娇艳欲滴的花花草草……

时隔8年，女儿精心安排的旅程仍鲜活地存在于我的记忆中。

那是我人生最低谷时的一次旅行，在海边漫步，辽阔无垠的大海摧枯拉朽地卷走了盘踞在我心头的烦恼，赋予我淡然沉静的能量。

可女儿却病倒了。

不是因为海鲜过敏，而是此行出发得仓促。她正在写论文，学业繁忙，又要安排妥当我们两人的行程，日夜连轴转累倒了。

人间一趟，快乐至上

高烧不退的孩子整整在酒店躺了一天，我着急上火，只能不停地给她喂热水，让她发汗。她从小体弱多病，一旦高烧至39度多，任何药物都无效，必须保持安静，进入深度睡眠，喝热水发汗。

望着睡熟中的女儿，我想起了很多。

女儿是真正娇生惯养长大的。

小时候跟爷爷、奶奶在老家，住二层别墅小院。奶奶是老师，又是南方人，会做一手好饭菜，屋子收拾得干净，衣服、被褥洗得雪白，给孩子的吃穿用度永远都是最好的，含在嘴里怕化了，捧在手里怕摔了。

爷爷是离休干部，教孩子写毛笔字、画国画，奶奶能歌善舞，教孩子弹琴、唱歌、跳烟盒舞、打朝鲜族长鼓。在她幼时的记忆中，几乎没有和小朋友抓泥玩土、乱跑乱跳、打打闹闹的场景。但精心的养育也使女儿挑食，有洁癖，恐高恐水，最讨厌淋雨淋雪，不敢走夜路，就连坑坑洼洼的土坡也是她的"软肋"。

5岁时，她离开老家来省城上学，显得特别胆小、另类、

推荐序　深深的海洋，你为何不平静

格格不入。我工作忙，生活上照顾不周，她功课紧张，好胜心强，三天两头感冒发烧，没少跑医院看大夫。

这样的身体素质和性格特征，当她走出家门，远赴千里之外上大学时，我真的放心不下。

可没想到，短短几年，她竟脱胎换骨——当年级级长、打辩论赛、进合唱团、跳健美操，去英属哥伦比亚大学、香港浸会大学做交换生，还走南闯北成了旅行达人，这惊人的变化，怎能令我不惊喜？

一个人能战胜自己的弱点并不容易，需要相当的毅力和决心、担当和自律。我发自内心地欣赏她，不只因为我是她的妈妈。

我们无话不谈，是母女，也是闺蜜，这次海南之行，她为了给我宽心解闷，废寝忘食地做攻略，精心安排食住行，竟把自己累趴下了。陪在女儿床边，她的成长经历像放电影一样在我脑海中浮现。

我不是一个称职的妈妈，如果我少给孩子吐些苦水，她一定不会累成这样吧。

02 济州岛自由行

毕业后,女儿开始"北漂",单打独斗了几年,基本稳住了脚,工作稳定,小有积蓄,新朋旧友其乐融融。但不安于现状的她,听从内心的召唤,毅然裸辞,放弃在北京的一切,回太原,准备创业。

一腔孤勇换来了年轻人向往的自由。9月,秋高气爽,我们母女二人开启了一场说走就走的济州岛旅行。

彼时,翻译软件尚不发达,小岛上的居民几乎不说英语。不会韩语的女儿,竟也能带着我坐公交、逛公园、品尝当地小吃、购买韩式服装和化妆品。更绝的是,我的手机突然坏掉,定位不准,导航只提示直线距离,她想方设法带我顺利抵达民宿。

那时,我们乘坐的公交车已到达民宿附近,导航显示只有几分钟路程,我们却明显越走越远。怎么办?问过路人,语言不通;给民宿打电话,信号不灵。前不着村后不着店,我心急如焚,有点沉不住气了。

推荐序　深深的海洋，你为何不平静

女儿左顾右盼，四下寻找，终于找到一块有英文标识的路边指示牌，原来不远处有一个社区警察局，我们前去求助。没想到，韩国警察那样热情，用警车把我们送到民宿，与民宿老板确认好我们的入住信息，才放心离去。

可笑的是，我当时一心害怕遇到骗子，直到坐上警车还想下车，结果发现韩国警车根本没有从内开门的把手！第一次坐警车的我惶恐不安，女儿却成竹在胸，一路上和警察用英语谈笑风生。

她有自己的智慧和勇气，从那之后，我再也不担心她旅行受骗了。

03 在帕劳的极限挑战

女儿30岁这年，放下所有羁绊，再次让生活归零，这次她冲向了更广阔的世界，环球之旅徐徐拉开。

前方陌生旅途风雨飘摇，但她选择坚持梦想，我纵有万般挂念，都只能掩藏起来，默默通过手机跟随她的脚步，看着她从欧洲最北端穿梭到南欧、北非、西亚、中亚，直到除

夕夜，回家团圆。

春节过后，我们母女又出发了，这次来到太平洋上的小岛——帕劳。

我们一家都是"旱鸭子"，对水上项目大多敬而远之，本来以为是海岛度假，没想到出海的第一天，潜水教练就给每个人发放了浮潜装备，说："接下来每天都要用到这些装备，你们责任到人保管好。"

容不得多想，我们就被赶下了水。

海底珊瑚区为我们打开了一个五彩斑斓的新世界，各式各样的美丽鱼儿围在身边，像久别重逢般与人亲近；一大群鱼不停地变换队形，《蓝色星球》中的镜头真实上演，我简直看呆了；海浪把我们推向浅礁区，排着队的彩色鱼儿在近在咫尺的珊瑚间进进出出，是真正的"鱼贯而入"。

正陶醉在美景中，女儿突然摘下面罩喊："我的脚蹼被珊瑚卡住了。"

简直是晴天霹雳，不会游泳的我顿时慌了手脚，面罩进水，差点呛着，危急时刻我赶紧扑腾着游向她身边。这里是没有任何保护、救援措施的太平洋，我告诉自己不能慌，必

推荐序　深深的海洋，你为何不平静

须保持头脑清醒，才能把女儿拉出来。

此刻，教练在远处大声喊话："不要去浅礁区，这些珊瑚非常脆弱，一碰就会死掉，远离珊瑚，往深海区游！"

我更急了，终于游到女儿身边，拽着她的胳膊就往船头那边冲过去，好不容易上了船，发现只游了几十米，女儿的脚蹼也并没有钩住珊瑚，只是虚惊一场。

但我的胆子却变小了。抵达下一处浮潜点时，风急浪大，我一下水就被巨大的海浪撞得晕头转向，匆匆上船，女儿却仿佛掌握了浮潜的规律，流连水下，迟迟不肯上船。

她一直是这样不服输的性子，从小到大，只要是她想做的事，每件都能做成。

我上大学的时候喜欢冰心的诗："成功的花，人们只惊慕她现时的明艳！然而当初她的芽儿，浸透了奋斗的泪泉，洒遍了牺牲的血雨。"这些年女儿吃过很多苦，受过许多罪，她很少对我们说，永远是一副云淡风轻的样子。

提起孩子，我们骄傲，更多的却是心疼。

后来，我们在海上钓鱼，在无人岛烧烤，在太平洋深处看海上日落和繁星闪烁，出海、下水、浮潜成了日常，看艳丽的蝶鱼在海面游弋，成群的巨型鲨鱼在身旁觅食，珍贵的黄金水母自由自在地漂浮在手边，沉船上绽放着朵朵玫瑰珊瑚……最后一天，我们的浮潜地点在著名的海底大断层，下到海中，一边是"赤橙黄绿青蓝紫"都无法涵盖的绚丽珊瑚区，无数鱼儿游来游去；一边是寒气逼人的万丈深渊，深海鱼儿随着洋流成群结队地迁徙。

是我最爱的女儿梦霁，给我勇气，给我力量，让我一次次突破自我，领略世界之美。

波涛澎湃的大海，何其辽阔深邃！我们如沧海一粟，何其渺小微茫！

人活一世，不因艰难而放弃，不因挫折而止步，不因被埋没而失去光彩，不因被辜负而选择逃避，不因被剥夺而畏惧不前；我们因着好奇而冲动，因着美好而痴情，因着深情而永恒。

女儿的环球之旅还在进行，她的人生也才刚刚开了个头。我相信，她那颗像海洋一样无法平静的心，最终会送她抵达渴望的远方。

推荐序　深深的海洋，你为何不平静

作为妈妈，我只愿她被世界温柔善待，一生幸福平安。

《山西日报》资深记者、妈妈 安然
2024 年谷雨，于太原

Part 1
保持热望,总会抵达

人生何尝不是一场游戏呢?

我们来过,体验过,感受过,最后终究要离场。

回望过去,很多忧惧不过是杞人忧天,除了让我们活得战战兢兢,畏首畏尾,别无他用。

29岁不上班,我在寺庙当义工

01 做有意义的事,生出一点助人的信心

在29岁的尾巴,我再次失业。

就业寒冬,大龄失业,无专长,离异未育。想要再就业对我而言并不容易。

认清现实,放弃幻想。于是,我不再急着刷招聘网站找工作,而是坐着绿皮火车颠簸了两天一夜,来到一个岛上的寺庙做起了义工。

海岛有山,山上有庙。庙里提供免费食宿,每天有简单的三餐素斋,睡普通的高低床。

每天打扫寺院、帮忙做饭、洗净碗筷,这些就算是"工作"。除此之外,还会打坐、诵经、抄经。傍晚时,庙里的师父如果有空闲,还会和我们一起喝茶、谈心,为我们解惑。

某天傍晚,我问师父:"人应该从事怎样的工作呢?我们现在都太迷茫了,很少有人在做自己喜欢的事。即使做着自己不满意的工作,打工人也不敢懈怠,总是拼尽全力,但还是可能会被裁员。被裁员之后,或许又匆匆忙忙去找另一份不喜欢的工作,依然不开心,就这样陷入内耗的恶性循环。"

师父笑一笑说:"你来庙里之前,是做什么工作的呢?"

我老老实实回答:"做电商,起早贪黑地做直播、包装产品、做售后服务。"

师父又问:"你觉得你的工作有没有帮助到别人?"

我想了想,回答说:"坦白说,对他人的帮助可能只有10%,更多的是想从客户身上挣到钱。"

师父说:"不如想想,哪些工作是可以帮到别人的,对社会、对他人有意义的,**从事真正有价值、有意义的工作,**

你就会从心底生出一些助人的信心。不要人云亦云，有些工作在短期内看似很受欢迎，酬劳也不错，但你的心不定、不安，就不容易快乐，长此以往，将得不偿失。"

02 有些工作做久了，有损"福报"

我第一份电商相关的工作是在一个国际学校新成立的创业团队，推广"中小学生心理健康"咨询课程。当时觉得自己能真正帮助到许多有心理障碍的孩子，尽管每天进行高强度工作，几乎全年无休，却经常充满成就感、价值感。

尤其是当家长来到学校，向我们致谢的时刻："多亏你们的心理咨询老师，我的孩子开朗多了""孩子患有抑郁症，我们都不懂，做了咨询才知道，还好及时就医""孩子之前连门都出不了，现在能自己走上考场，已经是最大的胜利了"……

我们亲眼见证了很多孩子从此变得更积极、更阳光，虽然工作辛苦，但很值得。

后来，我跳槽到一家几千人的大公司，一个很光鲜、很成熟的电商团队。每天轮换号码给客户打电话，向客户索要好评。

这家公司线上售卖的课程，以"考证辅导"为主。我想，现在那么多的职场人渴望提升职业技能，如果能通过我们的课程，帮助大家顺利"上岸"，也不失为一件利他的好事。

虽然我不喜欢"打电话要好评"这个流程，但是一想到，店铺好评率高可以获得更多推荐和流量，从而帮助到更多学员，也就对此不再排斥。

干得越久，接触得越深之后，我慢慢觉察到，这份工作的利他成分越来越少。

格格不入的我，被公司辞退是早晚的事，但也未必不是好事。

有些工作做久了，是会损"福报"的。

03 因缘际会，无缘不来

做电商时，恨不能一天 24 小时都在对接、开会、谈判，一直在进行高频率交谈。主播去洗手间时，我们还要走进直播间，充当助播帮忙讲解；录制短视频过程中，演员情绪不够饱满时，我们还要在镜头外声情并茂地调动气氛。

同事和我吐槽说："一天下来，舌头都烫。"

在寺庙里，没有朋友，也没有熟人，不看手机，不打电话，每天作息规律。在大多数时间里，我并不用讲话。

因为"止语"①，我终于有更多时间关照自己的内心，与内在自我联结，进行深入的对话。

我仔细思考师父所说的"有意义的工作"。

有意义，能助人，又在我力所能及范围内的，我想大概就是写作了。

凭着一星半点的天赋和笔耕不辍的勤勉，把在我身边真

---

① 佛教用语，也称"禁语"或"闭口禅"。

实发生的故事——有些是惊喜,有些是灾难——一笔一画沉淀成文字,淬炼出些许有关成长的感悟和智慧。

比我年轻的读者,希望你们以我为鉴,躲避一些人生道路的陷阱与谎言;与我同龄的读者,希望你们在某个孤单的深夜,收获"海内存知己"的慰藉和"我们都一样"的勇敢;比我年长的读者,希望你们可以经由我的视角和表达,更了解你们的孩子、晚辈、下属,减少代沟和隔阂。

从前,我的心态是"以我手,写我心",只写我想写的文字,酣畅淋漓,好不痛快。

如今,我会自问,这篇文章,对读者而言,有无阅读的意义和价值?

倘若只是无意义的情绪宣泄,我会封藏,不再发表。

只愿这些文字,可以陪伴你、温暖你、治愈你,若能让你感到一丝共鸣抑或通透,那就不枉我们在书页间相遇一场。

我的第一本书《一生欠安》里的第一句话是:"《卡萨布兰卡》里说,这城市有这么多酒吧,你却偏偏走进我的酒吧。"

写下这句话的 10 年后，我来到卡萨布兰卡，站在那个酒吧前，依然为这相逢感到怦然心动。而这世上有这么多书，你却偏偏翻开了我这一本。

因缘际会，无缘不来。

我很感念这一霎的相逢，愿你宁静吉祥，不悔相见。

有位法国作家的墓志铭上写道："活过、爱过、写过"，我也想成为这样的人。

04 山中方七日，世上已千年

这本书，成形于这方小小的寺庙，晨钟暮鼓，日复一日，恍然有"山中方七日，世上已千年"之感。

变的，或许不是世事，不是时光，而是我眼、我心。

庙里有一位女师父，已经快 60 岁了，她对我说："我每天清晨 4 点钟起床，晚上 11 点才睡觉，但总觉得时间不够用。"

她每天都在读书、学习、做研究，给弟子讲经、讲课。她说："人一定要学习，要奋斗，要慷慨。"

人间一趟，快乐至上

我们以为寺庙很"佛系"，过的是一种躺平、松散、不思进取的生活，实则大错特错。

师父说，人生的意义在于奋斗，奋斗的意义在于助人。

师父又说，年轻人做事，春天就要想好秋天的事，未雨绸缪，提前打算，不要等到秋天才开始准备秋天，这样每天都是白手起家。

师父还说，"难"字是左边一个"又"（也就是"再"），右边一个"佳"（也就是"好"），困难就是"再好不过"，是你人生又要往前走的一道阶梯。

在寺庙里借宿的义工都说斋饭好吃，问师父要食谱。师父说，哪有什么食谱，唯用心尔。

这些话犹如春风化雨，醍醐灌顶，我想我需要用一生的时间好好参悟。

住得久了，日渐熟悉，师父们待我很好。我常有困惑，去寻师父，师父在榻上午休，见我来了，就起身泡茶听我讲述，然后耐心开导，从来不会觉得麻烦。

女师父还曾驱车两小时，载我去另一个寺庙参观学习。

我们素昧平生，他们分文不取，只以善意待我、慷慨待我,这是我在寺庙之外的世界鲜少遇到的。

遇见他们后,我也想成为他们这样的人,以善遇善。

我下山那天,天色已晚,女师父担心山路太黑,执意留我再住一宿。

我说:"那些曾经难解的心结,我已想通了,该回到红尘中去了。"

女师父一直送到山门,此处到山脚下有两百级台阶,下山容易,再上山就难走了。

我对她说:"无论如何不能让师父再送了,若有时间,我一定会再来庙里。"

女师父说:"那我就送到这里,从这儿下去一路都有路灯,没问题的,雕像那里走左边,有一扇小门,穿过去就是通往山下的大路了。"

我已经走出一段,她还在叮嘱我:"你这十几年弯路太多,一个女孩子,吃了太多苦,一定要广结善缘。多读书,读经典,多思多悟,凡事看开……"

再回首,我已泪眼盈盈。

想要的已得到，更好的还在路上

01

看过我上一本书的读者，肯定都在纳闷，不是说好了要辞职环游世界，怎么最终是被动失业了呢？

事出突然，坦白说，我也是颇觉震惊的。

我原本计划 2024 年出发环游世界，这个想法是在 2023 年 11 月某个失眠的周末夜晚突然闯入我脑海的。

于是，我花了一整天时间，规划路线、购买机票和保险、预订酒店，写好了辞职信，准备下周找个合适的时机交给领导，还写了一篇名叫《跑不动了，坐下来，歇一会儿》

的文章，里面有句话是这样写的：

> 我终于不在"渴望出人头地"的功名宦海中苦苦泅渡，甩甩头发，抽身上岸，把所有风雨都甩在身后。这局世俗游戏，我"out"，我认了。

那晚过后，我计划递交离职申请、办理签证，准备启程环游世界。

接下来发生的事情，让我觉得我太乐观了。

周一，总部多位领导突然空降我所在的部门，我本想找部门领导谈离职，他却一直在会议室。

部门其他人依次被请进屋里谈话，唯独没有请我。

眼看就要下班了，不知领导是何盘算，我找到一个被谈话最久的姐妹悄悄打探："公司是不是有什么动作？真是奇怪，怎么就没找我谈话呢？"

姐妹说："咱俩下楼说。我先走，你5分钟后跟过来。"

我俩脚前脚后、鬼鬼祟祟地出门，仿佛在上演一出《无间道》。

到楼下后，这位姐妹急忙跟我说："大事不妙了，公司要裁员，你是第一个。"

"怎么突然裁员了？上个季度业绩不是很好吗？"我又震惊又疑惑地问。

"前段时间，我们的店铺被恶意投诉，因此被封了几天，领导在拿这件事做文章呢。"

"可是我并不负责店铺运营呀……"我依然不解。

"店铺主管都快40岁了，每天加班加点，活像一头勤勤恳恳的老黄牛，怎么可能开除她呢。"

"店铺封禁，给直播主管开了，也挺牵强。"我无奈苦笑。

就业凛冬，行情普遍不好。早在当年9月，公司就裁撤了几十个员工。有人上午还在工位奋力鏖战，下午就被迫卷铺盖走人，从此消失在人海中，相忘于江湖。

这家公司在全国十几个城市都有分部，在天津有两个办公区。我所在的办公区，分为A、B、C三个区域，每个区域又被分割为24个小格子。

刚入职时，疫情结束，格子满员，人头攒动，72张面孔年轻鲜活，干劲十足。

几个月的时间，格子里的人像玩"连连看"一样，一点一点空掉。

后来，A、B两区全空了，只剩C区还有单薄的3列"打工人"，仅余18位"罗汉"苦苦支撑。

一个非常残酷的现实摆在面前：工作，是越来越难干了。

02

既已得知要被开除，我做好心理建设，等待和领导进行最后的谈判。

果然，翌日清早，人力主管从另一办公区急急忙忙地赶来，要与我单独聊聊。

我无论如何也想象不到，那个看似人畜无害、对谁都笑脸相迎的小姐姐，会冷冰冰地说出这句话："我们公司裁员，从来就没有给过赔偿金。"

她理直气壮的姿态、趾高气扬的语气，视《劳动合同法》若无物，简直让人闻所未闻，难以置信。

我说:"那你给我半个月时间吧,半个月后我主动离职,你也别为难。这半个月我交接一下工作,权当缓冲期。"

没想到,她竟断然拒绝了。

既然不许久留,也不给赔偿金。我想,总能帮助我领取失业金吧。

她竟再次断然拒绝。

欺人太甚,莫过于此。

我冷笑着问她:"那你的意思呢?"

"你就写'个人原因主动辞职',没有赔偿金,没有失业金,三天之内走人。"

"不可能。"说完我起身离开会议室,留她一人在原地歇斯底里。

过了几小时,大概是在电话里和领导层商量过了,她又来找我谈判。

我说:"赔偿金公司没有钱给,我能理解,大家都不容易,我不跟你撕扯这一点。但我已经交纳了7年的五险一金,失业金本来就是国家给我的保障,账户里的钱也是我自己的,现在我失业了,取出来,难道不合理吗?你如果不同意,那我也不会'主动离职'。你若开除我,那就给我赔偿金,或者帮助我领取失业金——这两项原本也不是'或'的关系,是我不想为难你,才只需要公司协助我领取失业金;你若不开除我,那我就继续上班,你们接着给我发工资,我没有任何问题;如果你们想通过降薪逼我辞职,那就要给出降薪的理由,给出我工作不达标的具体数据。"

最终,她答应协助我领取失业金,而我要付出的代价是隔天就离开公司。

办手续时,人力主管递给我一张《解除劳动合同协议书》,上面赫然写着:赔偿金0元。她拒绝盖公司章,并称"公章在总部,你离职比较仓促,来不及邮寄",只让我签了名字,协议并不生效。

03

若是我在更年轻一点的时候遇到此事,定会如鲠在喉,怒不可遏。

而现在,或许是年纪大了,我很快也就想开了。

人间一趟，快乐至上

我本就已经打定主意要去环游世界，起初还担心突然提出离职会不会耽误团队工作，却没想到公司会如此不留情面地让我立刻"撤离"：我在公司的电脑来不及清理个人文档，就被转交给另一名同事；之前出差没来得及提交的报销，也被悉数驳回；入职时发放的老款小米手机，里面存有我和领导的全部聊天记录，我想备份以绝后患，结果手机卡顿导致备份时间有点久，他们竟以为我要扣留公司财产，从上到下来了8个人，挨个监督、敦促我奉还价值不足500元的掉漆老手机……

明明双方可以好聚好散，我没有什么出格的举动和实质性的错误，公司硬生生地把我像老鼠屎一样扫地出门，片刻不愿多留，唯恐避之不及。

然后，我抱着个人物品，走在11月的北方街头，心如寒冬。

但转念一想，我本就决定辞职，这不是刚好顺坡下驴吗？

因此，我终于有了充足的时间，办理签证，制定行程，还抽空回了趟老家，陪奶奶小住半月余。

而为环游世界做准备的这一年,因为被公司残忍辞退,居然还能领取失业金,虽然金额微薄,但也是一份保障,堪称意外之喜。

仔细想来,在我生命中曾经发生的所有不幸,最终都会变成好事。

"一切都是最好的安排。"

少时不懂,终是要等到经历许多失去与痛苦,才能真正参透这句话。

上大学时,我与老师起争执,老师势要"挫挫我的锐气",最终致使我本科没有真正毕业。

但正因当时倍感无力、绝望、辗转反侧,我后来才读了更多的书,写下了让我一夜成名的《一生欠安》,才成为今天的我。

倘若我和大多数人一样按部就班地毕业、读研,或许永远也不可能成为一名作家。

后来,我在一家民企工作,女上司因为忌惮我的才华向大老板告黑状,哭着要求老板"在我和她之间选一个留下"。老板无动于衷,她又发动兄弟部门集体孤立我,我因此不得不放弃所有业绩提成，黯然离场。

但正因那次裸辞，我有机会旅居北欧，写下了我人生的第二本书《这一生关于你的风景》。回国后我转换领域，虽然也各有辛苦，却享受到了很多福利和体面，拥有充足的写作时间，也赚到了在民企绝无可能赚到的钱。这是我真正意义上的第一桶金，是我未来很多年敢闯敢拼、敢掀桌子的底气来源。

倘若当时没有因受排挤而被迫从公司离职，或许迄今我仍是一个为房租发愁、为业绩焦虑的无名小卒。

04

那时，我刚毕业，还那么年轻，却是那么不快乐。

在女上司与我真正决裂，冲进大老板屋里哭诉前，我已心力交瘁。

在每一个泪湿枕巾的夜晚，我反复回想女上司贬损我的言辞，试图发现并纠正自己的问题，努力寻找与她相处的方式，劝诫自己"别在意"，欺骗自己"或许她是为我好"。

Part 1　保持热望，总会抵达

我当初无比羡慕一个和我同期入职公司的女孩。她工作远没有我努力，一有空闲就打游戏，但她却深得女上司的喜爱。

在团队里，好的项目都归她，难搞的、薄利的才会轮到我。项目不够时，我还要自主去开发；背后默默耕耘的是我，人前展示的却是她，上司对此的说法是"因为她的PPT做得漂亮"。

快到年底时，上司说团队再有新项目都交给她去做，因为我的业绩已经达标了，她要"一碗水端平"。

我是汗滴禾下土，一锹一锹地土里刨食，而她是大家眼中"站着就把钱挣了"的人。

同人不同命，我曾经怨过命运不公。

然而，当时间线拉得足够长，所有悲伤都渐渐褪去，终会剥离出喜剧的底色。

如今，近十年过去，那个女孩仍在原来的岗位，过着与当年几乎无异的生活。

女上司年薪又翻了番，却依然处处与人为敌，一副为利益不惜撕破脸、挤破头的模样。

如今的我，唯有感谢当年"排挤、决裂之恩"。若非如此，我不知还要在这样的绝境里挣扎多久。

十年如白驹过隙，与她们日复一日的机械重复不同，我经历了更多，体验了更多，活出了三倍厚度的人生——读研、留学、旅居、写书、换行业……

我终于可以自豪地说：我再也不羡慕她了。

当你的天地只有一方枯井，你会介意是谁割据了你的领地；而当你的天地是苍茫旷野时，你只觉拼抢那一方"领地"是多么可笑。

我不羡慕任何人，因为我已然拥有的，就是最好的人生。

05

几年后，我的第三本书《允许一切发生》遭遇"难产"。当时的策划编辑因病突然辞职，图书公司认为我早已"过气"，稿子辗转了几任编辑，但都没人愿意接手。稿子被长时间积压，不予出版，也不解约，每每问起便答复我"因内

Part 1　保持热望，总会抵达

容与主流价值观不符，被出版社退稿"，并且直言我粉丝太少，无力带货，即便出版，也必然是滞销书。

但正因他们对这本书的轻视，迟迟不予出版，拖了几年，最终解约条款生效。于是，我换签其他公司，签约3个月后就顺利出版上市，上市半年，销量就达到了50万册。

倘若没有个中波折，我也不会解约，也不会拥有比《一生欠安》这本书（销量大约10万册）更上一层楼的代表作。

再后来，我嫁了人，花去百余万元为夫还贷。离婚时，前夫家人将我告上法庭，企图让我净身出户。从来没进过法院的我天天过得提心吊胆、殚精竭虑。他们一审败诉后不服判决，上诉到中级人民法院，而我只能被他们牵着鼻子走，狼狈应诉。

那一年里，只要法院一个电话，我就要放下手头的所有工作去北京应诉。

但正因这两场官司，法官的判决使我在后续谈判中分到了更多财产，远比我起初想协议离婚时所求的财产要多。

当这些钱款到账时，我甚至不知该如何分配，颇有一种穷人乍富、无所适从之感。

所以你看，人生近看或许有诸多不如意之处，但如果把目光放长远，都是幸运，皆是欢喜。

当你身处困境时，要坚信，如果没有等到你想要的结局，说明这还不是最终的结局。

你唯一要做的，就是等，咬着牙，熬下去，别放弃，相信时间会给你想要的一切。

回首过往，我们会惊觉：这一生，想要的已得到，更好的还在路上。

正如《甄嬛传》里的一句经典台词："你的福气在后头！"

勇敢的人先享受世界

01 误打误撞海岛游

作为一个超级怕水的人,我从小就对所有水上项目避之不及。

以前在北京,和朋友相约去水上乐园时,我只能泡在一汪小温泉里,在旁边静静地给同伴拍照。看着大家纷纷从几层楼高的水上大滑梯七拐八拐地冲下来,我只是在一边旁观,就已吓得心惊胆战了。

但我又很喜欢看海,一直想要独自策划一次海岛旅行。从 2017 年起,我就开始关注一个专门做帕劳旅行的小众旅行团。持续观望了 7 年后，终于在 2024 年 3 月，刚过完春节不久，海岛旅行进入淡季时，我带妈妈来到了帕劳。

帕劳是一个孤悬在太平洋上的岛国，属于热带气候，全年气温都在 30 摄氏度左右，享有"上帝的水族馆""彩虹之乡"的美誉。据说，在那里可以看到 7 种颜色的海洋，人称"帕劳归来不看海"。因着对海洋的那份迷恋，我带着妈妈兴致勃勃地启程了。

临行前，我精心挑选了 6 件式样好看的泳衣，有典雅复古风、海滩椰林风、阳光辣妹风等。作为一个根本不会游泳的"旱鸭子"，却拥有堆积如山的泳衣，可以说是"差生文具多"。

我之前对帕劳的设想相当美好：碧海蓝天、日光沙滩、泳池度假，喝椰子、吃海鲜、晒太阳、拍大片……

然而，万万没想到，我们在帕劳的那一周，居然每天都要下海浮潜！

原来在帕劳旅游，看海只是次要的，下海才是主打项目。对于天生怕水的我来说，无疑是一种巨大的心灵冲击……

潜水教练开始在船上发放装备时,我就开始抓耳挠腮,悔不当初。

我小心翼翼地问那位皮肤黝黑、身材健硕的湖南籍教练:"我能不能不下水啊?我在船上看海也蛮好的。"

教练一边不由分说地帮我戴好潜水面镜,一边说:"你不下水的话,帕劳就等于白来了,勇敢的人先享受世界。"

作为一个常年写治愈文章的作者,突然听到这个金句,一时壮志豪情涌上我的心头。

既然这样,那我就试试吧。

02 给"胡思乱想"按下暂停键

船停在浅水区,海面是果冻般的澄澈,教练让大家先穿戴好装备,依次跳下船,练习浮潜的基本动作。

下水前,我穿着救生衣,独自坐在船边,迟疑了许久。

当时,我脑海中有很多闪念,很多担忧,很多惶恐,心底里升腾出一万种"我不要下去"的抗拒。毕竟我一点水性都不通,也基本没有尝试过水上运动——除了上大学时,在泰国海面跳过伞，快艇的尾部拖着巨大的降落伞飞速行驶，人悬在半空俯瞰海滩，偶尔蜻蜓点水般接触一下海面——但那已经是10年前的事，那时我还很年轻，也更鲁莽，而且严格来讲那也算不上水上运动。

我坐在船边，像过了一个世纪那么久。

妈妈说，她2018年在毛里求斯旅游时，那里也有浮潜的项目。她穿戴好了所有的装备，临入海前却突然退缩了。她也不会游泳，于是几个老姐妹决定在船上拍照、烧烤、看海，倒也玩儿得不亦乐乎。

但是，这片果冻海的下面，到底是什么样的呢？

我已忘记当时是如何下定决心跳下船，只记得在水里无助地瞎扑腾，教练在两米开外的地方对我说："用我刚才教你的方法翻身，你就可以停下来了，千万不要慌。"

看来，他是不会来救我了，我只能自救。

我想方设法让自己冷静下来，把头没入海中。世界忽然间安静了，我只能听到呼吸管里自己大口呼吸的声音，刚才还一片空白的大脑开始重回思考的轨道。

我在心里默念："千万不要慌，一定有方法能做到的。"

恐惧，会摄取你的情绪和心智，让你被它牢牢困住，无法平静，不能思考，最终屈服于它，认为自己永远做不到。

如果能从这种情绪里定一定神，让自己静下心来，用心思考解法和对策，恐惧就困不住你，你离勇敢就又近了一步。

不只是潜水，我们在生活中要面临的恐惧实在是太多了。

小时候怕爸妈生气，怕老师批评，怕学习成绩不好考不上名校；长大了怕失业失恋，怕居无定所，怕贫穷，怕遇不到对的人，怕沉没成本太大，怕追不上同龄人的脚步沦为loser；年龄大了后怕疾病缠身，怕老无所依，怕子女不成器、不孝顺……

很多人一直生活在恐惧和担忧中，如履薄冰地过完这一生。

我以前在辩论队时，有一个很酷的师兄说过："辩论只是一场游戏，认真你就输了。"

人生何尝不是一场游戏呢？

我们来过，体验过，感受过，最后终究要离场。回望过去，很多忧惧不过是杞人忧天，除了让我们活得战战兢兢，畏首畏尾，别无他用。

即使我们担心的事情当真发生，也要相信自己一定能找到水来土掩的解决方式。既来之则安之。

每当恐惧来袭时，我们若能按下"胡思乱想"的暂停键，开始努力想对策、找出路、理方法，人生这场游戏，一定会越玩越得心应手。

03 因为恐惧，赔了青春，赌上余生

由此，我想起前段时间，一位非常年轻的读者在微信上向我哭诉的故事。

她只有20岁，是一名出色的舞蹈老师，喜欢上一个比她年长17岁的男人。因为意外，和他生下一个小男孩，孩子出生后50天时，她提出领证，男人却说："我没有钱出彩礼，也不想结婚，我的人生自己做主，谁想逼我结婚都是痴

心妄想。"

我不知道他们之间曾经有过怎样深刻的情感联结，单看只言片语的聊天记录截图，很难替她裁决。但让我印象很深的是她对这段关系的两句评论。

一句是："我都生过孩子了，以后谁还会要我呢？"

另一句是："今年我考上了××大学，但因为怀孕放弃入学，他把我一生都毁了。"

一个年轻女性，能够走向独立、自信、自爱真的是很难很难，这条路往往血泪交织，荆棘遍布。

我对她说，今年如果不能入学，还可以明年再备考。如果哺乳期太辛苦，不想参加高考，你凭借跳舞的一技之长，也足以养活自己和孩子，20岁的年纪，风华正茂，一切都还来得及，现在下任何结论都为时尚早，远远谈不上"一生都毁了"。

一个女性，假如能人格独立地行走于世间，不以嫁人、依附为终点，根本不应该有"没人要"的担忧。

女性的价值，难道只有生育吗？生过孩子的女性，就不配再拥有美好的爱情了吗？

如果遇到持有这种价值观的男性，不嫁也罢。

爱情本就是一种奢侈品，单亲妈妈这个身份，只是让遇见爱情的门槛又提高了一点。如果可以遇见，是何等幸运，同时是真爱的概率也更大，它能自动过滤掉一部分不爱你、不接纳你、不尊重女性价值的人；如果没有遇见，那也是寻常事，因为这世上的确存在一些人，一生都没有遇见过真爱。

如果有两条路，一条充满未知，或许草长莺飞，或许哀鸿遍野；而另一条路注定充满不幸——年纪轻轻便产后抑郁，男人态度坚决，既不心疼她，也不肯见孩子。

换作你，你会怎么选？

我问她：在担心遇不到爱你的人和嫁给一个确定不爱你的人之间，你会怎么选？

她沉默了。

我明白，她还太年轻，对漫漫前路充满恐惧。也许会因为恐惧而轻易妥协，嫁给这个孩子的父亲，明知他不够爱自己，已经赔了几年的青春，还要赌上未来几十年的余生。

恐惧，无时无刻不潜伏在我们身边，如果无法打败它，就注定要付出代价。

有时，是错过太平洋海底的风景，有时是坠入泥沼，亲手打碎获得幸福的可能。

04 当你找到它时，你的生活一定会因此改变

我在帕劳的那一周，每次下水前都要做很久的心理建设，虽然潜水动作已十分娴熟，但我依然需要战胜一些东西。

可也正是因为潜水，我亲眼看到了另一个世界，一个我从未见过甚至从未想象过的世界。

在海葵里穿梭的小丑鱼"尼莫"，优哉游哉地在海里流浪的黄金水母，发着淡淡的幽蓝色光的硕大砗磲贝，长满玫瑰状珊瑚的海底沉船……

这些惊艳绝美的海洋奇观就藏在海底深处，等待着被我们发现。我们共同生活在这个蓝色星球上，初次见面，我无比雀跃，无比欣然。

我看见鲨鱼的肚子上，总会吸着一条吸盘鱼，它们大约实现了"顺风车自由"，鲨鱼嘴前还游着一条小黄鱼，像是在给它当向导；游在世界七大海底奇观之首的"海底大断

层",会有巨大的海龟在身下路过;《海底总动员》里迅速变换队形的沙丁鱼,竟然是真实存在的,而它们的颜色远比动画片更鲜艳;我在海里投喂面包时,四面八方涌来的漂亮小鱼挨挨挤挤,把我的手臂撞得酥酥麻麻……

第一次坐在船边时,如果我收回双腿,我永远不会想到,海底世界是如此丰富斑斓,海底生物是如此自由和静谧。它仿佛一个异世界,在打开之前,一切始料未及,难以置信。

勇敢的人先享受世界。

旅行是一种冒险,别错过在街上漫步、探索小巷、体验找寻某些东西的自由——你或许完全不知道那是什么,但当你找到它时,你的生活一定会因此而改变。

出发之前,我完全不知道潜水对我来说意味着什么。我幻想过许多场面,或许是不停地呛水,或许是教练拖着我缓缓移动,或许是悬停在海面晒太阳,更大的可能性是,我根本不会踏出那一步,不会跳入海中。

但当我真正迈出舒适圈的那一刻,我的生活已经因此而彻底改变了。

我努力找到的那个东西,名叫勇气。

Part 1 保持热望，总会抵达

你不必过"二手人生"

01 我们为什么要环游世界

出发环游世界前，我问家里的人工智能助手："小爱同学，我们为什么要去环游世界呢？"

小爱同学一本正经地说：

环游世界是一个极其富有意义的冒险，它提供了无数机会来帮助人们增加对世界的理解。以下是人们选择环游世界的几点主要原因：

1. 文化体验：环游世界可以让我们亲身体验不

同地域的文化、传统和习俗,这种体验比阅读书籍或观看视频更加深刻,有助于我们更加理解和尊重多元文化。

2. 教育意义:旅行是一种非传统的学习方式,我们可以亲临其境地学到地理、历史、艺术、科学等知识,比课堂上所学到的更加生动和难忘。

3. 心灵成长:它能促使我们跳出日常生活圈,面对新的机遇与挑战,这种经历有助于我们培养独立、自信、适应性和解决问题的能力,促进个人的心灵成长。

当我走过20多个国家后,对照着这一套"标准答案",我开始思考,环游世界究竟带给了我什么。

除了收获文化体验、知识教育、心灵成长,我对自己想成为怎样的人,想过什么样的生活,有了更加清晰明确的认知。

马斯洛需求层次理论认为,人生的最高需求是"自我实现",自我实现是指个体的各种才能和潜能,在适宜的社会环境中,得以充分发挥,最终充分实现个人的理想和抱负。

自我实现，是个体追求未来最高成就的人格倾向性，是人生终极的目标与需要。

每个人的理想和抱负，都应该是独一无二的，而不该是世俗价值所设定的。

它未必是豪宅跑车、山珍海味、腰缠万贯、前呼后拥，或许只是一屋避雨、两人相拥、三餐四季。

我想，只要是你真正喜欢的，能让你真真切切地感受到幸福和喜悦的，都属于自我实现。

02 假如末日来临，你想要怎样的人生

我还在迪拜旅行时，有位读者给我推荐了一部动画短剧，名叫《凯洛的末日日常》，回国后我就迫不及待地看起来。

故事背景是世界末日就要来临了，所有人都只有7个月的时间，之后地球就会毁灭。

此时"遗愿清单"瞬间变成现实，每个人都迫不及待地想要逃脱现有的束缚，拼命追求自我实现——纷纷去西藏洗涤灵魂，排着队攀登珠峰，声色犬马夜夜笙歌，数不胜数的

年轻人跪在埃菲尔铁塔下求婚……

这些狂欢千篇一律，女主角凯洛对此毫无兴趣。

当她偶然发现一家仍在正常营业的公司，与世无争地进行着机械化的运转，每个人都在按部就班地埋头工作、加班时，这种井然有序的稳定感、秩序感深深地吸引了凯洛。

于是，在世界行将毁灭之际，我们的主角偷偷地找了个班上。

为了不显得那么格格不入，她还要欺骗父母和朋友，假装在学冲浪、做雕刻、弹贝斯，假装"这是我一直想做的事"。

但她一直想做的事，就只是上班而已。

这种用工作填满生活所有的时间和空间，日复一日、波澜不惊的安稳，会给她带来一种踏实的幸福感。

与此对比，放松身心、追求自由反倒变成了某种固定套路。

我喜欢的一位博主曾经写过这样一段话："中国式的'gap'都是辞职去大理旅居、去景德镇捏陶，才能完全释放'班味'；好看的竹林都在小京都，好看的海景都在小镰仓；想寻找内在灵性，就去巴厘岛冥想，去尼泊尔旅行，去印度的能量场里沐浴新生；中产的松弛感，就是穿着'legging'在岛台前做酸奶碗，冬季的每个周末都在不同的雪场里滑雪。"

有位读者问我："你觉得你去环游世界，是不是另一种随波逐流呢？或许你只是想做一个在别人眼中很酷的、与众不同的人？"

这是一个十分尖锐的问题。

我没有急于答复，而是平静地对他说："我会好好想一想你的问题。"

上路之前，一腔孤勇，不假思索。回望来路，这场刚满30岁的出走，会不会只是为了哗众取宠呢？

03 升级打怪，还是环游世界

首先，我不得不承认，这是一个相当与众不同的问题，提问者也一定是颇有见地、不喜欢人云亦云的人。

环游世界，听起来是一个绝对正确、极富自由、值得艳羡的词汇，只有那些带着批判视角的人，才会对其中所谓的"自由"提出异议。

我很钦佩有这种思考力的人。

与此同时,我也在思考,我和《凯洛的末日日常》里面的众人到底有何不同。

其一是背景设定不同,在凯洛的世界里,行星只剩7个月13天就要撞击地球,所有人类将与地球同归于尽,于是人们争相放飞自我、环游世界;而在我的世界里,同龄女性有人当了二胎妈妈,有人荣升部门经理,有人通过创业成功实现财富自由,如我这般职场、情场双双失意的,大约才是少数吧……

动画片里,环游世界变成大势所趋,人们随波逐流;在现实生活中,一个30岁未婚女性的"大势""大流",应该不会是环游世界吧?

若说像凯洛,明明我才更像凯洛。

她说:"我只想坐在秋千上,但人们总想让我荡高点。"

对此,我深有同感。

以前上班时,大部分时间里,我只想好好做一个基层小职员,没那么多向上攀登的野心,却经常遭遇"大领导期待我发光发热,小领导担心我谋权篡位"的尴尬局面。

Part 1　保持热望，总会抵达

我只想稳稳地坐在秋千上，然而，有人希望我荡高点儿，有人担心我抢秋千……

进也不是、退也不是，最终黯然离场。

还有一些时候，领导期待我作为"半个作家"（毕竟我还不是全职写作，只能算半个作家），能发挥更大的影响力和号召力，为公司作更多贡献，但我总是无法实现他的期待。

某脱口秀女演员，主业是在汽车厂上班。她曾经在一档脱口秀竞技综艺节目里说："领导，别再让我在粉丝群里卖车了。"

我完全理解她。

以前做书，领导让我在读者群里卖书；后来做课，领导让我在读者群里卖课……

我乖巧照做，但是除了引发群里的读者反感，愤而退群，并未带来多少实质销量。

终于有一天，我可以坦荡地面对自己，也面对他人——我无法在职场找到自己的真正价值，也学不会如何成为一位优秀的"打工人"，做不了人见人爱的好同事、好下属、好主管；我深知自己目前还没有能力成为一个合格的妻子和母亲。或许在将来的某一天，我可以做到，但此时此刻，我真的做不到。

这主流的大部队，我跟不上，就先告辞了。

人人都在生活中奋力升级打怪，可我一直在输，只能先停手，偷偷玩一小会儿，积蓄力量。

从这个角度而言，我的环球旅行大概也不算随波逐流吧，你们觉得呢？

04 取悦自己的旅行者

其次，我是否渴望成为旁人眼中更酷的人呢？

答案是肯定的。

没有人会不希望自己在别人眼中呈现出一种美好的形象吧？

有人想当成功女性，有人想当贤妻良母，有人想当知性淑女，每个人心中都有一个理想人格，旁人如果说我是"酷girl"，我当然会开心。

只不过，我在"旁人眼中的自己"和"自己喜欢的自己"二者之间，大多数时候会选择后者。

因为，我的旅行选择了一种更取悦自己的方式。

我从来不热衷大众热门的旅行胜地，而是常常去一些我个人比较喜欢的不知名小国。我也不爱赶景点，有时在一个国家待了很久，却只在一个城市里晃悠，这对我来说是常事。

我在非洲、澳洲、南美分别住过几个月，而在欧洲、北美、东南亚这类游人如织的地方只做短暂停留。

我从来不体验"特种兵式旅游法"。无论在什么地方旅行，我都会睡到自然醒，也长期坚持午休的习惯。我把旅行当成体验和度假，而不是像大部分人那样疯狂打卡、集邮、盖章；更不会一天吃12顿饭，把自己的胃塞得满满的，如果有来不及欣赏的美景和尚未品尝的美食，那就来日方长。

我很排斥"出片"二字，一向认为把风景留在自己的眼睛里、记忆中，比留在相册里、朋友圈里更重要。若不是出版社编辑要求我拍一些图片作为新书彩插，我恐怕根本不会为拍照专门预留时间。从前虽然走遍中国，却照片寥寥，编辑听后觉得不可思议，于是这次特意嘱咐我，环游世界时一定记得留影。

我拍照的方法也很简单，每去到一个国家，只选一两处自己感觉最独特的风景进行拍摄，单次拍摄一般不会超过20分钟，修图10分钟，半小时全部搞定，剩下的就是沉浸式旅游。

记得在摩洛哥巴迪皇宫，我亲眼见到一个金发碧眼的欧洲女生让男朋友为自己拍照，同一个机位，居然拍了4个多小时。我到那里时他们已占据了最佳机位，等我逛完整个景区，发现围巾遗落在那里再回去找时，发现他们还在原地摆拍。后来，直到工作人员清场，他们才匆匆离去。我想，他们此行除了留下千百张照片，很难说能对这处恢宏的历史遗迹留下什么独特的记忆和感受。

05 不必去过"二手人生"

旅行时，我经常会在大街小巷漫步，找一家看起来温馨、热闹的本地餐厅吃饭，尽管有时看不懂菜单，要请服务员帮忙讲解，我也会极力避免跟风"某书、某音攻略"寻找餐厅。

有些博主非常细心，在攻略里，把菜单里的菜品依次用中文标好了。到店后，你会发现，店内几乎全是来自中国的帅哥美女，每桌都刷着同一份攻略，点着一样的菜，拍出一样的照片，发在同一个社交平台上，配文"绝了，在×××跟风最成功的一次"。

这些在我看来，无异等于过上了"二手人生"。把他人曾经走过的路，按照脚印再重走一遍。不会出错，也不犹豫，却也失去了旅途中探索发现的那种新鲜感。

而旅行对我们来说，最重要的，不恰恰是脱离日常的那种新鲜感吗？

我们在公司工作时，不得不做着前人做过的PPT，写着上周写过的工作报表。在远方，难道还要吃着和别人一样的饭菜，找寻别人以前拍过的风景吗？

这种方式的旅行，才是另一种形式的随波逐流，是所有人都告别轨道、来到旷野，就算发现旷野亦变得雷同。

因此，我对在社交平台品评餐厅、景点等一般都非常谨慎，因为旅行体验是很私人、很独特的事，千人千面，而某个旅行者可能会因为我的差评错失TA真正心仪的美景美食。

美国心理学家德西和瑞安提出了"自我决定理论",认为在充分认识个人需要和环境信息的基础上,个体具有对自己的行为做出自主选择的倾向,但"当一个人的生活总是被他者的经验填满,就会逐渐失去对生活的自主权"。因此,德西和瑞安鼓励人们自主选择自己喜欢的事,其给予人们的积极反馈和支持,这将会激发他们的内在动机,提高他们对事物的积极性和动力。

旅途短暂,你应该去探索自己喜欢的,即便失败,也是一种独一无二的体验,而不是只去验证"前辈"喜欢的到底有没有趣。

他人眼中的"此生必去",于你未必可爱;而旁人的"听劝别来",或许藏着令你心动的惊喜。

人生亦然。

我们每个人都应该保持警惕,别让自己过上一种"二手人生"。

时刻问问自己:现在的生活,到底是我自己想要的,还是别人希望我成为的模样?到底是我真正喜欢的,还只是别人喜欢的?

关于"我为什么要环游世界",我想我已大致厘清了头绪,环游世界带给我的心灵震撼,也将绵延此生。

我只想说,人生是一场注定向前的旅行,如果你一直在做自己喜欢而非他人期待、要求的事,那么你的这场旅程,必将明媚、独特且丰盛。

Part 2
在你自己的时区里，
一切准时

在我们的文化土壤里，
女性通常是优雅的、矜持的、高贵的。
她们尽管很少说爱，鲜有奉承，却默默地用所有对你好的方式在爱着你。

人生本过客，聚散皆随缘

新婚没过几个月，我就怀孕了，家里人都很高兴。

想着已经怀孕了，我特意没去打疫苗。

同事说："再不打疫苗，办公楼都进不去了。"

我开玩笑说："那正好不用上班了。"

我很期待我能生出来一个像我一样的小孩。

01 一生只有一次

怀孕对我而言是一件天大的事，我很希望能为未来的孩子多做点什么事情。

年假、婚假、探亲假……我请了能请的所有假期，提前在家养胎。

严格忌口。从我得知怀孕的第一天起，直到失去这个孩子，我没有喝过一口碳酸饮料，也没吃过任何垃圾食品和零食。

我住在市区顶楼，即使天热，也从来没开过空调和电风扇。

听长辈说，孕期多走路有助于顺产，于是我日行一万步。

我去查血糖，得知孕妇血糖需控制在 5.1mmol/L 以下，否则易患妊娠糖尿病，影响胎儿。从小嗜甜如命的我再也没吃过一口甜食，日常光顾的甜品店都绕道走，甚至连火龙果、哈密瓜等糖分高的水果我也都不吃了。妈妈对此叹为观止。

朋友说，现在的年轻人怀孕，早就没有老一辈么小心谨慎了，该吃吃，该玩玩，不要有过多的心理负担。

我总想着，如果多控制自己一点儿饮食，可以换来孩子少一分风险，那我宁愿自己多受点罪。

怀孕到哺乳，最多不过两三年时间，后面还有漫长的时间可以喝冰可乐、吃甜西瓜，而孩子只在我身体里生长这一小段时间，因此我必须对孩子负责。

毕竟，是我想要带孩子来到这人世间。

这一生，我可能只会生这一个孩子，然后竭尽我所能给孩子全部的关爱、关注和物质支持。

一生只有这一次，辛苦一点儿又何妨呢？

02 TA 不想找我做妈妈

怀孕第二个月，我还是没有孕吐，只是嗜睡而已。

网上说，身体好、心情愉悦的女性，有可能没有大的妊娠反应。

我想，大概是孩子心疼我，不忍心让我的身体太难受。

大夫也说问题不大，如果实在不放心，就来医院做B超检查看看。

然而，在B超室里，大夫一直摇头，说已经看不到胎心了。

我未来的孩子，还没来得及长好小胳膊、小脚丫，就已经胎死腹中了。

诊断书上写道：胎停育。

我急忙说，您再看看，说不定是看错了呢。

大夫说，现代人受环境影响，这种情况很普遍，并不是你一个人的问题。

对医院而言，它只是一个概率问题，是一个正常的医学事件；但对我而言，我失去了原本以为是我这一生唯一的一个孩子。

也可能是，这个孩子不喜欢我做他（她）的妈妈。

03 流着相同的血，喝着相同的水

我曾经那么真切地感受到孩子在我的身体里。

在每一个白天和夜晚，在我醒着或睡去的每一分钟，他（她）陪我听了那么多首钢琴曲，我曾和他（她）流着相同的血，喝着相同的水。

同事送给我的《育儿百科》一书才看完第一章；我为了准备迎接这个小生命，挑选了那么多婴儿用的小物件；我已经想好了孩子的名字,看好了周边的幼儿园和小学,畅想着孩子将来中考、高考、结婚……

在妇产科签字时,我早已泪眼模糊。

往后很长一段时间,每当想到这个孩子,我的眼泪都会止不住。

04 世世代代都是缘

流产手术前一晚,我妈带我去了一个郊外公园,说:"明天往后的一段时间里,你就不方便再出远门了。"

当时,车载音乐正在播放着《爱江山更爱美人》。

> 道不尽红尘奢恋,诉不完人间恩怨,世世代代都是缘。
>
> 流着相同的血,喝着相同的水,这条路漫漫又长远……

做父母,做儿女,世世代代都是缘。

这一世缘分不深,做不成你的妈妈,那就来世让我们再做母子(母女)吧。

但我们曾经流过相同的血,怎么可能如大夫所言——半年后我可以再怀一个小孩,然后把你忘记。

我在手术床上号啕大哭。

做手术的大夫和产检的不是同一个大夫,她问我,你是第一次流产吗?

我说,我第一次怀孕,很想要这个孩子。但是胎停了,我没办法。

大夫和护士都沉默了。

05 悲剧面前人人平等

20岁那年,我跟老师之间闹了矛盾,差点被勒令退学。

即便留在学校,也背了很重的处分。

《一生欠安》这本书出版之后,读者问我:"看你小小年纪,怎么会有如此深刻的悲伤和绝望?"

毕竟,悲剧面前人人平等。不会只是因为你年轻,承受

Part 2　在你自己的时区里，一切准时

不了，命运就会对你更好一点儿。

从此以后的7年，前程尽毁，人生遭受重创。

我曾错过最心仪的学校、工作、城市，走上完全不同的人生道路。那时最爱听朴树的《平凡之路》："我曾经毁了我的一切，只想永远地离开，我曾经堕入无边黑暗，想挣扎无法自拔……我曾经问遍整个世界，从来没得到答案，我不过像你像他像那野草野花，冥冥中这是我唯一要走的路啊。"

没有人知道，我曾饱尝失去之苦。为了过上一个普通人的人生，我已拼尽全力。

如果我曾有一瞬想过就此放弃、就地躺平，我也走不到今天。

我相信一切都是最好的安排，也相信人可以被毁灭，但不可以被打败。

20岁时，前途无望，但我从未像此刻躺在手术床上这般感到人生实苦。

06 不曾来到我身边,也算是幸事

手术后,我回老家休养,在儿时常去的五一广场,晒太阳,看鸽子。

想起大学时,离家很远。一天傍晚,突然收到妈妈的短信:

> 我一人在五一广场看鸽子,想起了小时候的你。
>
> 鸽子依旧,你却飞了,不知是喜是悲。
>
> 我的身体还有点儿病感,晒晒太阳,散散心,慢慢会彻底好了的。
>
> 我没事,你免回复。

妈妈那时正在生病,一个人,在五一广场,想念她远在天边的女儿。

如今我也差点儿当上妈妈,在这里,想念像鸽子一样飞

Part 2　在你自己的时区里，一切准时

走的孩子。

我久久无法入睡，失眠到后半夜。

吃了褪黑素后，才勉强睡着，又反复梦见一个小女孩。

那个小女孩，一副刚会说话的模样，奶声奶气地说："我被困在9层了，妈妈，你快来救我。"

大概是想念得太狠，才会做噩梦吧。

看某个博主的视频，孩子生病，她千里迢迢带着孩子求医问药，她在视频中说"初为人母，养儿不易"。听后，我默默垂泪。

几年后，我离了婚，仍会时常念起曾经失去的孩子。不曾来到我身边，不必承受亲子分离，于他（她）而言，可能也是一桩幸事。

在寺庙时，认识了和我一起成为居士的姐姐，她独自抚养的女儿去上大学，留下她空巢独居，万般思念。

她在朋友圈写道："我的小百灵鸟终于飞向了自己的天空。"

师父给她起的法号也别有深意，名为"如聚"。

父母子女此生终须一别，人生多过客，聚散皆随缘。

07 尾声

术后很长一段时间,我经常长夜无眠,于是深夜起身看剧,剧名叫《梨泰院 CLASS》。

男主角的梦想是当一名警察,已通过韩国警察大学的招生面试,只因替同学打抱不平,得罪了仗势欺人的同班同学。那位同学是当地的富二代,颇有势力,而男主角只是一个普通单亲家庭的孩子,学校以打架斗殴的罪名开除了他,他爸爸也被富二代开车撞死,他自己还被陷害入狱三年。

中学学历、有犯罪前科,以后再也做不成警察了。男主角说:"我要用 7 年的时间,在首尔最繁华的街道开一间餐馆。"

朋友听到他的豪言壮语,一口水喷到他的脸上,一副难以置信的表情。

7 年后,他果然如愿。

对他而言,努力是一个非常清澈的词语,尽管历经命运的种种不公,也绝不轻易放弃。

Part 2 在你自己的时区里，一切准时

关掉电视后，我已潸然泪下。

我永远记得，从手术室被推出，从麻药药效中醒来，睁开眼的那一刻，妈妈对我说："没有什么能打倒李梦霁。"

人这一生，大概总要经历许许多多的不如意和求不得吧。

只盼吾儿能去到更好的地方，永远安宁。

妈妈在人间，陪你听《爱江山更爱美人》——

好儿郎浑身是胆，壮志豪情四海远名扬。

人生短短几个秋，不醉不罢休……愁情烦事别放心头……

拒绝可爱，生来傲慢，绝不低头

01

我在上家公司有个关系不错的小伙伴，一个1998年出生的女孩，最近正在因为一件事而恼火。

她那个已经谈了半年的男朋友，还保留着前女友的各种信息。

在新恋情开始前，他们已经分手一年，但他购物网站的默认地址是前女友家，招聘软件的头像是和前任的合影，备忘录里还记录着100条关于她的喜好，书桌里珍藏着写给她的日记，日记本里还夹着她的相片、两人看过的电影票根以及她亲手折的、写满字的千纸鹤。

我的小伙伴那段时间生了病，在男朋友家养病，白天一个人在家，随手拉开抽屉时，就打开了他前女友留下的潘多拉魔盒，回忆满满，散落一地。

小伙伴一怒之下想要分手，男生只说了一句"她对我而言不重要，我都忘记了这些东西的存在"，还频频举例，强言爱现任更多一些。

女孩在认识现任之前，曾经受过很重的情伤，多年不曾恋爱，好不容易才又走入一段亲密关系。如果只因前任的历史遗留问题而分手，又总是有些不舍。

既然不能就此忍痛割爱，日子总要过下去，我们纷纷支招，想帮小伙伴尽快走出痛苦的旋涡。

我们先将二人各自的条件展开，一一分析。

前女友，家境贫寒，高考复读，勉强考上了一所二本大学，23岁仍在读本科，徘徊在不挂科的边缘。

小伙伴，高知家庭，班花学霸，读书早还跳级，同样的年纪，比前女友早两年进入职场，前女友刚毕业时，小伙伴已有15万存款了。

人间一趟，快乐至上

在如此悬殊的差距之下，前女友为何还是让他念念不忘？对此，我们大感不解。

当我们打开前女友亲手叠成的千纸鹤后，才最终发现了答案。

"你是那样的高大、帅气、性感，穿什么衣服都好看！今天你给我买了这么多漂亮衣服，下次见面我一定会穿的！"

"谢谢亲爱的带我去草莓园采摘，今天也是充满草莓味的开心一天！记得给我妈妈邮寄哦，她一定会非常惊喜！"

"你今天真的很辛苦，专门开车来学校看我，但我真的好快乐。下周我要开始实习了，公司超级远，等你来接送我哦！"

小伙伴瞬间潸然泪下。

他收入不及她，每个月还要还房贷，从来没有给她买过衣服，也没买过花。她花自己的钱买化妆品，他总是说她花

Part 2 在你自己的时区里，一切准时

钱"大手大脚"。

原来他还会带另一个人去草莓园采摘，可他们在一起时，他作为本地人，从来没有提出过任何约会计划，全都让她一个外地人来安排。

他曾说过他不会开车，有驾照但不敢上路，所以他们一向乘坐公共交通出行。原来去见真正喜欢的人，是可以开他爸爸的车上路的。

爱与不爱，都表现得太明显。

02

分手的原因是前女友找到了更有钱的现任，毅然决然地离开了这个男生。

他曾说，在一起时，前女友嫌他吝啬，小到不给她打车、不花钱给她报英语班，大到不出资送她出国留学。

我的小伙伴心疼他，两人出门一向步行、坐公交，每次吃饭如果是他请客，她都会选一些物美价廉的苍蝇小馆，隔三岔五地还会回请他。

她总觉得他过得挺辛苦,同是情场失意人,她从来都舍不得多花他的钱。

他大她3岁,却没有什么存款,大概都给另一个女孩花了。

如果爱有定额,到她这里时,这份爱早已经所剩无几。

但她却是那样地爱他。

男生学历平平,她细心辅导他考职业资格证;他工作不顺心,她托人给他四处打听工作机会;他公司的氛围不好,处处钩心斗角,她主动帮他出谋划策、化险为夷。

她从来不说"我男朋友穿什么都好看",但她竭尽所能地帮助他、陪伴他,一起努力过上更好的人生。

但是,当两人吵架时,他却会说:"我前女友从来不和我吵架,也从来不说我做得不好。"

直到看到那些字条,我们才恍然大悟:即使外在条件平庸,心思也不大纯良,只要擅长花言巧语,总会有人对你死心塌地。

小伙伴一边抽泣,一边说:"努力也好,优秀也罢,全都比不上这些违心的夸奖吗?"

我突然间沉默了,她的故事让我想起了诗人顾城的妻子谢烨。

03

在火车上,诗人顾城与谢烨一见钟情。尽管谢家强烈反对,谢烨还是毅然嫁给了顾城。

顾城的控制欲很强,不想让谢烨工作,认为"女人无所事事才有美感"。于是,谢烨就辞了工作,在家专门帮他整理书稿。

顾城为了"回归人类的童年时代"去新西兰,谢烨就陪他上了孤岛。

然而,顾城去那边不久就有了新欢,公然写文发表:"英儿和我是天生一对,她是那样热烈,不像谢烨,谢烨从不说爱我,她只用包饺子表达感情。"

后来,新欢英儿离开顾城。在孤岛上,顾城用斧子砍死了谢烨,而后自杀。

人间一趟，快乐至上

谢烨是人世间最爱顾城的女人，但她不善表达，情感不够热烈，因此被辜负、被薄待，最后竟落得如此下场，不禁惹人唏嘘。

在我们的文化土壤里，女性通常是优雅的、矜持的、高贵的。她们尽管很少说爱，鲜有奉承，却默默地用所有对你好的方式在爱着你。

为了让自己和对方都成为更好的人，她们步履不停，竭尽所能。

但总有男性难辨善恶，被一些女性表面的花言巧语蒙骗。

那些温言软语，在蜜糖的包裹下，每一句都是需求，都是欲望，都是野心和企图；而爱与怜惜，却少得可怜。

但那些真正的、深沉的、厚重的爱，他们看不见、听不懂、不晓得。

想想我们的母亲、外婆、祖母，她们无一不是坚韧的、忍耐的、慈悲的，用她们柔弱的肩膀扛起整个家庭的重担。

她们可能是大嗓门，因为她们为了保护自己的孩子，需

Part 2 在你自己的时区里,一切准时

要与这个世界呐喊抗争;她们可能从来没有撒过娇、卖过萌,因为她们不必靠旁人的同情怜悯,来争得自己的一席之地。

她们有头脑、有见地、有胆识,谁都知道利用某些性别优势,可以换取某种便捷,但她们放弃了这条捷径。

我对小伙伴说:"你比她幸福多了。为了骗点吃喝玩乐的钱,说着谄媚的话,明明不够爱对方,却渲染得惊天地、泣鬼神,她这样处心积虑应该过得很辛苦吧。她这样把感情和表达爱意的方式当作换取物质的手段,说到底也是个可怜人。毕竟有人会糊涂一时,没人能糊弄一世,用计谋手段骗来的东西,长久不了。"

我想奉劝小伙伴们:精于此道的,是"茶艺师",被此俘获的,是"大猪蹄"。后者居然还认为你比不上前女友,真是愚蠢至极,都应该远离。

04

我年纪尚轻的时候,也羡慕过这种舌灿莲花的人。无论是夸老公还是捧领导,总有人只是动动嘴皮子,就捞到很多我们费九牛二虎之力也得不到的好处。

但我现在已经不再羡慕了。

他们跪在地上乞求的东西,我们可以站着挣来。

我对小伙伴说:"你比她有底气,也比她更自在。正因为你优秀、努力,因此你可以做一株木棉,堂堂正正地站在任何人身旁,而不是做攀缘的凌霄花,只能借对方的枝头炫耀自己。你可以恣意地表达,不卑不亢,不怕和任何人争执、吵架,因为你敢赢,也输得起。"

什么才是真正的独立女性?

是经济独立,还是头脑独立、人格独立呢?

我想,在今天,尽管辛苦万分,女性依然拼尽全力追求优秀卓越,就是为了这一生,无论对谁,都可以不说一句违心的话。

不必手心向上，不必讨好男人，不必逢迎婆家。

时尚女王香奈儿曾经说过："我拒绝可爱，我生来傲慢，我绝不低头。"

我们按照自己的意愿，只说真话，不低头，不攀附，不谄媚，依然能过好这一生。

这大概就是对独立女性最好的注脚。

少年之恶

最近,发生在河北省的三个初中生杀人案事件闹得沸沸扬扬。

一位13岁的男孩,长期以来忍受来自同学的校园霸凌,最后竟被同学残忍杀害后埋在蔬菜大棚里,找到时已面目全非。

犯罪心理学专家李玫瑾教授曾说过:"校园暴力是全世界面临的难题。成年人的善恶是非还能通过教化改变。一个年幼的孩子一旦走上了歪路,释放了恶意,很有可能就是无解的局面。"

当全社会都在为这几个十几岁孩子的恶意和残忍感到

惊诧、愤慨、痛心时，我不由想起我在埃及亲身经历的一件事。

那两个看起来只有四五岁的小男孩，却拥有那样龌龊、猥琐的眼神，我想我一辈子都忘不掉。

01 生活在"垃圾城"里的人

在埃及首都开罗，有一座洞穴教堂。

教堂位于一个巨大岩石山丘的内部，修建于古罗马统治埃及的时期，穿越4000多年的历史，一直保留至今。

嶙峋的岩石高耸入云，在峭壁之下的山洞中，凿出可容纳数千人的大教堂。身处其间，震撼非常。

站在教堂最深处向外看，密密麻麻的桌椅与岩壁满目金黄，其间露出一角湛蓝晴空，高饱和度的色彩冲撞，自有一种辽阔与壮美之感。

在埃及，无论是金字塔、神庙还是教堂，每每置身其中，都会因其宏伟壮阔，心生渺小之感，从而生出敬畏——敬畏自然，也敬畏文明。

人间一趟，快乐至上

　　教堂位于开罗老城区内，若要顺利抵达，必须途经位于穆卡塔姆山脚下世界上最大的一座"垃圾城"。

　　垃圾城是一个由拾荒者、垃圾处理者组成的社区，这些人一般被称为"扎巴林人"，他们从七八十年前开始从周边农村迁入开罗，长期从事垃圾收集和处理工作，被很多埃及人鄙视。

　　扎巴林人在城市的各个角落里捡垃圾并将它们运回居所，终日和垃圾生活在一起，因此他们的住处被称为"垃圾城"。

　　他们回收这些垃圾后，用其中的动物尸体、食物残渣来养鸡、养羊；把垃圾中的玻璃、金属、塑料等分离出来，进行再加工，然后出售；还用垃圾里的布料、木头，装饰房屋。

　　从洞穴教堂旁的"天空足球场"俯瞰垃圾城，所有的屋顶都堆满了垃圾。走在其中，街道两旁、小巷、窗台亦填满了垃圾，漫山遍野，恶臭难闻。

Part 2　在你自己的时区里，一切准时

02 "儿童版咸猪手"？

从令人惊艳的洞穴教堂走出，带着对"埃及之美"的敬意和余味，我打算步行穿过这座"垃圾城"。

这里臭气熏天，连出租车都很少经过，而这样独特的"city walk"对我来说也是人生第一回，于是我欣然前往。

路边依然有很多嘴里喊着"one dollar"的小孩，他们随时随地都在乞讨，希望有着外国面孔的游人可以施舍给他们1美元，这种现象在整个埃及都司空见惯。

有两个看起来四五岁模样的小男孩，伸出手对我说"one dollar"，我礼貌地微笑一下就走开了。我总觉得这些小孩，虽然总想着不劳而获，但也生性不坏，毕竟只是孩子。

让我没想到的是，这两个小孩走到一旁窃窃私语了一番，然后突然跑到我身后去了。

其中一个小男孩从我身后飞速跑到前面，路过我身边的时候，还偷偷地推了一把我的腰。

力道不算大，我以为这是他们对我示好的一种表示，毕竟小孩子嘛，总有一些奇奇怪怪的亲昵举动。

正当我如此思量时，另一个小孩也突然冲了过来，路过我时使劲拍了一下我的臀部……

我突然明白，我遭遇到了另一种令人大跌眼镜、闻所未闻的"咸猪手"，来自两个四五岁的埃及男孩。

那一刻，我感到一种翻江倒海的恶心，连同路旁垃圾散发出来的腐臭，一起涌上心头。

然而，事情仍然未结束。

我以为他们定会做贼心虚，"得逞"之后就立刻逃之夭夭。没想到他们跑到不远处，就突然放慢了脚步。两人一边结伴向前走，一边偷笑着议论，那个拍到我臀部的男孩，正在和同伴比画"抚摸"的动作，另一个男孩则是一副惊讶、羡慕、跃跃欲试的表情。

他们丝毫不觉得羞耻，反而不断回头，用一种猥琐、龌龊、无耻的眼神看着我，然后不怀好意地奸笑。

我的天哪，他们看起来只是两个四五岁的儿童，身高只有 1 米左右……

我只想到北岛曾经说的一句话:"卑鄙是卑鄙者的墓志铭。"

03 如果作恶无须付出代价

我不再看向他们,躲到马路对面继续往前走。我不知道他们是谁家的孩子,他们的家长可能住在"垃圾城"的任何一栋楼里。如果和他们起了冲突,我非但占不到什么便宜,可能还会面临更大的危险。

毕竟这是在埃及,是一个没有红绿灯,汽车飞速行驶、横冲直撞,路边停着很多经历过"车毁人亡"的汽车残骸,每天过马路时都在上演《生死时速》的地方;是一个在任何时间任何地点都会窜出乞讨者,他们会尾随你一路,甚至强行给你拍照,然后讨要小费的地方;是一个咖啡店座椅全部面向街道,男人们坐在店里,齐刷刷地无差别"凝视"所有路过的女性,而妇女们则包裹严实,只露出眼睛的地方。

但他们没有因我的退让而收手。

人间一趟，快乐至上

他们很快也过了马路，朝我围拢上来。等我走到他们前面，就试图再次绕到我身后，准备故技重施。

没有摸到我臀部的那个小男孩，大概觉得自己"吃了亏"，也想要试一试。

在举世闻名的金字塔之乡、举目无亲的异国街头、文明世界之外的"垃圾城"里遭遇"儿童版咸猪手"，我的内心充满了恐惧。

但如果我无所作为，他们会一遍又一遍地对我进行骚扰，他们不会就此停手。

于是我突然转过身，双眼死死盯着这两个飞冲过来的男孩。

看来他们这次的"计划"是左右各一个，想同时拍我。

他们仿佛被我的瞪视吓了一激灵，没想到奸计露了馅儿，假装停下脚步，若无其事地走向前去。

我丝毫没有移动，依然站在原地，继续瞪着他们。

两人偷偷说了几句话，悻悻地往前走，但还不断回头看我，领头的男孩甚至还挑衅般瞪了回来。

我什么都没有说，他们大概也听不懂英语，我只是死死地盯着他们，眼里写满了愤怒、憎恶和敌视。

这个东方女性"视死如归"的模样，可能真的吓怕了他们，两人不敢再尝试，一溜烟跑掉了。

或许有人会说，只是两个小孩而已，至于吗？

但我想，辱人者，我不惜以命相搏。

假如作恶无代价，恶行便永远不会终止，凌辱也就没有尽头。

在某一时刻，我是弱者，但弱者也会有自己的反抗且必须有自己的反抗。千万不要指望恶人的良知和同情，哪怕是孩子，哪怕是少年。

三个初中生杀人案发生后，有位博主说："虽然没有做过严谨的调研，仅仅是我个人的直觉，假如不加以限制地让一个孩子玩一两年手机，那么他在某些方面的心智要比没玩过手机的同龄孩子早熟两年以上。"

对此，我深表认同。

那些我们曾经以为的、独属于孩童的天真和单纯，或许早已在电子产品的飞速发展中被遗失了。

假如我的孩子遇到这些事情，我会对TA说，我愿意竭尽全力护你周全,但在我照护不到的地方遇到欺辱时,永远要反抗,要充满智慧地反抗。

不要妥协,不要屈服,不要"算了吧"。你简单的一句"算了吧",你自己的世界可能就此崩塌。

春日迟迟再出发

01 一颗千疮百孔的心

我最近没有上班,一直在反思、复盘过往的人生经历。结婚大概半年时,我写过下面这段话。

最近过得很辛苦。

也没有什么惊天动地的大事,不过是些为利而生的烦扰。

虽司马迁说过"天下熙熙,皆为利来",但在这世上,淡泊名利的人也理应存在。

对利益，我原本十分淡泊，奈何对方不是……

我很反感那些不会具体问题具体分析、懒于用心体察和了解他人、只会说一句"这是人性"的人。

自以为洞悉了人性的阴暗，不惜以此揣度所有人，或许"防骗"是一把好手，却在猜忌中，将一颗真心狠狠伤害。

时隔三年之后，再次回头看，依然能看到彼时一颗千疮百孔的心。

02 士为知己者死

我虽喜爱写作，在生活中却不热衷于表达。

婚姻如合伙做事，对方担心我入伙只为贪图物质，于是我直接投入双倍心力。

我不是把真心挂在嘴边的人，只是如此付出，竟换不回一些基本的信任。

甚至以为我的慷慨背后，藏了什么大阴谋。

对方的价值观是"人不为己,天诛地灭",直言:"我如此,所以你必如此,这是人性。"

且不说是不是误用了这个成语,总之"听君一席话",让我十分受辱。

我这人向来不爱解释。

若你信我,怎样都会信;若不信,我说再多也没用。

士为知己者,可以死;话不投机,半句嫌多。

为了避免陷入一种"平静的绝望",我读了更多书。

"厚黑学"里讲,城府深的人一般拥有很多话术和技巧,行为和真实意图不一致,没人知道真实的他到底是怎样的。

这种人都很可怕,交往起来像在玩火,很容易被灼伤。

但每个人内心深处都向往温暖和友善,谁也不愿意和虚伪的人深交;城府深的人或许能依靠钻营得到更多的利益,却没有体验幸福的能力。

能真诚地去信任旁人,也是很幸福的。

我以前经常被骗,却从未失去信任他人的能力,也算是"记吃不记打"。

而有的人一生也没有信任过旁人,哪怕是枕边人。只信奉"防人之心不可无",漠视真情,遑论付出。

这种人,才是真正的可悲。

03 不要高估自己对没有爱情的婚姻的容忍度

心头烦乱无可解,抄诗、读经、听曲。

佛说:世有五毒心,贪、嗔、痴、慢、疑。

"疑病"是毒,远非三言两语可解。

复旦大学的沈奕斐老师说:"**女性请不要高估自己对没有爱情的婚姻的容忍程度。**"

听闻此语时,我尚在婚姻中,如雷贯耳,惊醒梦中人。

后来,心理学家李松蔚老师补充了另一句:"**女性也请不要低估男性对没有爱情的婚姻的容忍程度。**"

依此推论,没有爱情的婚姻,大概很多男性是可以容忍的。

下班回家后看《甄嬛传》,看到甄嬛连日高烧不退,天寒地冻无可医治,于是果郡王躺在雪地里,把自己冻得全身冰凉,再回屋拥着甄嬛,用自己的体温帮甄嬛退烧这一段剧情时,我独自在家,号啕大哭。

Part 2 在你自己的时区里,一切准时

我心里难过,为自己的人生感到悲哀。读言情小说长大的女孩,谁不曾幻想过拥有真挚的爱情,又有谁不渴望成为另一半放在心尖上疼爱的人呢?

可是在这段婚姻里,对方满腹心机,处处图谋算计,一心防我、疑我,而我这一生恐怕再也无缘感受到疼爱与怜惜。

歌单里,单曲循环的歌这样写道:

谁不是喝酒喝到吐

谁不是爱人爱到哭

谁不是真心它从有到无

谁不是害怕夜归路

可是却整夜不归宿

谁不是傻傻地拼命守护

善解人意的孩子最后都输

都被爱辜负

……

我那时其实没想过要离婚。

这个家,只是没有爱与信任,但是也没有原则问题,这种婚姻不该存续吗?

张爱玲说:"生命是一袭华美的袍,里面爬满了虱子。"

是不是所有人的婚姻都是金玉其外,内里皆是坑坑洼洼的不甘心与不痛快?

忍耐,到底是亲密关系的必修课,还是转身离场的休止符?

没有人能告诉我,忍到什么程度,就可以"忍无可忍"地离席而去了。

我甚至总是在怀疑,是自己太挑剔了吗?

在我的家族里面,还没有任何一段婚姻最终走向破裂。即便平时吵吵闹闹,也都还能共度余生。我不知道如果我离婚意味着什么。

我害怕孤独终老,害怕身无分文,更害怕成为家族的异类和耻辱。离婚后的幸与不幸,身边亦无人可供参考。

那条无人走过的路,到底是深渊还是坦途?

我不得而知,我裹足不前。

04 春日迟迟，卉木萋萋

谁知，正在我纠结彷徨之际，又发生了很多意料之外的故事。

关关难过关关过。当我处理好这一切，再次回到家时，我妈说："我常常想到你没结婚的时候，当时也没谈恋爱，在出版社上班，我和你爸去北京给你过生日，那时的你还是那么单纯的小女孩，拿着单位发的蛋糕券，蹦蹦跳跳地跑去买蛋糕。我们一家三口吃烤鸭，逛北海公园，去西四看开心麻花的话剧，我本来以为你会永远那么单纯的。但好像就在一夜之间，你突然变得成熟了，变得妈妈都不认识你了。再看你曾经的照片，我有一点难过。你爸爸也说，女儿所经受的苦难，是我们都无法想象的。"

人总是要长大的，只不过有的人是以一种撕裂的方式，被命运摧枯拉朽地拖拽着长大了。

《诗经·小雅·出车》中这样写道："春日迟迟，卉木萋萋。仓庚喈喈，采蘩祁祁。"

大意是，春天总是脚步缓慢，却也令人满心期待。当春天到来时，草长莺飞，花繁叶茂，雄鸟高声鸣叫，到处都是一派生机勃勃的景象。

我相信，不管黑夜如何令人感到惊惧，天一定会亮；无论冬天如何漫长，春日定会如约而至。

人生亦然。

朱雅琼有一首歌叫作《春日迟迟再出发》，是我现在最新的单曲循环曲目，我最喜欢的歌词是那句："听说冬日的船，春天会抵达。"

> 不想去推敲，一生还早
>
> 海水听倦了，谁和谁白头到老
>
> 抱一抱，会不会是一个玩笑
>
> ……
>
> 清风偏爱手中沙
>
> 你说离开的人注定漂泊呀
>
> 期待你为我停下
>
> 或许我是你意外的计划

Part 2　在你自己的时区里,一切准时

春日迟迟再出发

听说冬日的船,春天会抵达

……

Part 3
所有美好如期而至

君子谋道，能使我们从枯燥的工作中，获得踏踏实实的幸福感和成就感。

人生的意义，本就不是比较，而是完成。

认真地年轻，优雅地老去

01 自有一种洒脱的劲道

2018 年，我一个人在欧洲旅游，认识了一个很酷的阿姨。可惜缘分未到，没能成为婆媳，最终成了非常亲密的家人。

阿姨姓王，是北京人，年轻时曾是电视台的出镜记者；她丈夫是电视台的摄像，两人从前是同事，工作主要是采访体育明星，20 世纪 90 年代就已经走遍全世界。

后来他们下海经商，最终实现财富自由。老两口常年云游四方，周游列国。

我去他们家做客，王阿姨给我看她旅行时拍的照片，额济纳的胡杨、撒哈拉的黄沙、澳大利亚的粉红湖、红海的晚霞……她很会拍照，笑容可掬，时常变换配饰和姿势，十分时髦。

她的身材管理也很在线，无论是复古旗袍还是紧身牛仔裤，都能轻松驾驭，毫无发福迹象，几乎每一张照片都很美。

当然，作为一位中国阿姨，她不可避免地拥有很多造型夸张、纱巾夺目的照片。她从不修图，即使偶有表情失控，也把原图挨个发到社交网站上，自嘲"今天的打扮是村姑风"。

阿姨从来不在意别人说什么，只要自己开心就好。

她甚至还会忘记之前去过的景区，叔叔时常打趣道："她去哪儿都不记路。"

王阿姨听后也不生气："反正当时玩得开心就行了呗，我可记不住什么路线。"

热爱旅行但从不做攻略，喜欢自驾却车技不佳，一路欢声笑语过后转眼就忘记，阿姨真是自有一种洒脱的劲头。

02 "50+ 姐姐"的少女心

认识王阿姨的时候,她已经 52 岁了,没有很多 20 世纪 60 年代出生的人那种厚重感,依然有一颗少女心,大半生都活得自在、轻盈。

婚前,为了保持身材,我常年不吃晚饭。遇到王阿姨后,我简直甘拜下风——她连午饭都可以不吃。

打乒乓球、游泳、跳健美操、爬山,她痴迷很多运动,常年保持高强度锻炼。三餐却吃得很简单,午饭经常随便吃一口,然后急着赶往下午的球场去比赛。

因为自律,她的身材一直很健美,没有一点赘肉,也从来不必刻意减肥。

我有段时间生病,担心吃得不好营养跟不上,情绪波动得很厉害,有时会疯狂进食。她就劝我节制饮食,免得疾病痊愈之后,体重难以减下去。

听惯了老一辈"能吃是福"的口头禅,她是我认识的唯一一位让年轻人注意"控制体重"的长辈。

她的生活方式很"潮",思考问题时总是能和年轻人处在同一频道上。即便已经步入老年人的行列,她依然保持着年轻时对体重的控制,跟我认识的其他长辈都不太一样。

王阿姨有很多漂亮的裙子。她从小就生长在小康之家,大半生衣食无忧,因此对穿着打扮颇有一番讲究。

我一向没什么物欲,生活素来节俭,她时常对我说:"该吃吃,该花花,女孩子就应该爱美、爱打扮,就算你将来做了妈妈、有了小孩,生活水平也不应该随之下降。"

王阿姨的人生态度颇有几分张爱玲的味道——张爱玲曾被人评价:"在最坏的时候,懂得吃,舍得穿,不会乱。"

03 不鸡娃,不晒娃,不催娃

有人说过,母爱是一场得体的退出。

然而,王阿姨似乎根本无意参与儿子的人生。

看她的朋友圈,一年到头有 8 个月都在环游世界。老两口日子过得闲云野鹤,从来不晒娃,也从来不干涉孩子的自由。

王阿姨的儿子是就读于香港大学的全奖高才生。高考以全市第 4 名的成绩被香港大学提前录取，学校承诺，学费一分钱都不用他花。

毕业后，儿子面临留港还是回京的选择。

于是我问她："香港那么远，过去还要办港澳通行证，一年到头你都见不到儿子，不想让他回到你身边吗？"

她说："儿女自有儿女的安排，当父母的做好后勤保障工作就行，大方向还是让年轻人自己把握吧。回北京，肯定有地儿住；在香港，如果需要我们，我们也义不容辞。"

后来，王阿姨的儿子回到北京，恰好也在出版行业，我那时算是业内人士，常和他交流一些行业消息。

那几年，催婚催生的风潮盛行，王阿姨说："我不催儿子结婚生子，也不想打听他谈没谈恋爱。将来他要是有了小孩，想让我帮忙，我就帮他带；要是选择晚婚晚育，我们正好还能到处玩几年。"

对于孩子，她完全没有控制欲。

前段时间，一个台湾女明星和北京"少爷"的离婚事件炒得沸沸扬扬，商人婆婆在直播间被网友追问"对此有什么看法"。

她脱口而出:"我儿子都已经40岁了,我管他干吗呢?"

同为北京老太太,这句话倒像是王阿姨会说的话。

父母和成年子女共处一室,若能尊重彼此的生活习惯,也不因迁就对方的作息而委屈自己,都最大限度地保留生活的原貌,言行举止把握好界限和分寸,日子也就可以过得相安无事。

04 理想婆婆的最佳人选

前段时间,我看了一个婚姻纪实真人秀节目。

节目里面的婆婆很有智慧,她对不想生孩子的儿媳说:"婆媳之间应该存有一份客气,我不是你亲生妈妈,我们如果吵架的话,很可能就会'破镜难圆'了。很多人喜欢说,我拿儿媳妇当亲闺女一样疼,但那是不可能的。我毕竟没有怀胎十月生下你,就不会像亲生女儿一样对你,但我会真的尊重你和欣赏你,也会尽可能地支持和理解你。"

我们"90后"这代人都很清醒,少有女孩子真的会把婆婆当成亲妈，婆媳间如果能存有一份尊重和欣赏，已是一段和谐的关系。

我向来喜欢删繁就简的人生，认为子女长大后就不必再渴求过于深厚的联结。

同事隔三岔五要跟在老家的婆婆视频，短则十来分钟，长则一个小时，互相倾诉生活琐事。

好在她生性热络，愿与他人亲近，换我的话，怕是早就崩溃了。

我始终相信君子之交淡如水，一般习惯和人群保持一定距离。

不喜过于亲密的接触，因此期待轻浅的相处。因着平日的疏离和客套，反倒会生出几分真诚的想念。

王阿姨当算是我"理想婆婆"的最佳人选。

05 对子女，爱不难，难的是尊重

前段时间有个热搜事件，"某台湾女明星在给全互联网当妈"。

本以为大家都是在批判她"妈味太重",点开来看,没想到竟是对这位女明星的褒奖。

起因是这位女明星的儿子在社交网站上发了很多自己穿女装的照片,网友对此口出恶言,女明星每次现身都要对此事进行回应。

这位已年过半百的女明星是这样说的:"我觉得他选择做一个什么样的人,就要准备好将会面对怎样的声音。我非常尊重我儿子的选择。"

儿子小心翼翼地问她:"你会不会感觉受伤?会不会影响到你的工作?我要不要关掉我的社交账号?"

对此,女明星的态度是:"你不需要承担父母职业上带给你的任何东西。大不了我不做这个行业了。这些都不重要,没有什么比你更重要。"

当我们面对来自外界的质疑和批判,父母能坚定地站在自己这边,维护自己,尊重自己,这是为人子女能获得的无上幸运。

每一代年轻人,都觉得自己是最不被父母所理解的一代。

因为时代一直在发展，互联网的到来更是加速了这种剧变。

从前20年是一代人，时至今日，"90后"和"95后"已是两代人，亦有无法沟通和理解的鸿沟。

因此，我们有时很难寻求比我们年长二三十岁的父母的认同。

父母信奉的真理，通常于我们而言是谬论；而我们觉得正常的想法，他们却认为大逆不道。

有句歌词这样写道："放手如果是一门功课，妈妈一生没考过。"

动容之余，我想，在东亚文化影响下成长起来的父母，真的很难做到对孩子放心、放手、放下干涉。

做父母需要很多智慧，能把孩子当成一个完整的、有独立人格的人去倾听、去尊重，这绝非易事。

与王阿姨相识的过程中，我见识到了另一种母亲可以扮演的角色——不必有高学历和满口的大道理，不必有过于厚重和深情的母爱，不控制，不抱怨，不期待。只是一个普普通通的阿姨，认真地年轻，优雅地老去，有自己热爱的事和同路的人，想方设法让自己开心。平日里，不过度干涉子女的生活，不对孩子指指点点。但孩子只要遇到难处，就会尽最大努力帮忙解决。

我想，这也是很优秀的充满松弛感的妈妈，而她因此也养育出了优秀、健康、独立自主的孩子。

即使她的小孩比较平凡，甚至平庸，我也会欣赏这样的妈妈。

因为每一个女性，在成为妈妈之前，首先要成为自己。

关心粮食和蔬菜，也关心世界与未来

01 人生书目

整理旧书时，回想起一句话，"一个人的书架就是他的人生目录。"

于是，我将过往 20 多年，每 5 年划分为一个阶段，每个阶段挑选一本对我影响最为深远的书，将它们串联成既往的人格轨迹。

10 岁前是《油纸伞》。我这一本无论封面还是书名都有磨损的小书，讲述了江南水乡、小女孩和奶奶的故事。

我从小和奶奶一起生活，奶奶是无锡人，看这本《油纸伞》就像是在看自己。

作者说:"从小就读文学杂志,根本没奢望会在上面看到自己的文字,如果看到了,生活就会变成另一种样子,更美更好的样子。"

彼时懵懂,也想在一本书里看到自己写下的文字。它仿佛一种遥远的预兆,或者平行时空的约定。

我花了 10 年,生活终于变成更美好的样子。

10—15 岁是《萍踪侠影》。武侠小说对我性格影响很大,其中我尤其喜爱梁羽生的作品。

迷恋侠肝义胆的江湖,认定是友,终生为友,不慕显赫,不惧落魄;依性情行事,不愿做的事不做、不愿见的人不见、不愿说的话不说;待人接物难免非黑即白,始终难以认同所谓的"灰色地带"。

16—20 岁是《琼瑶全集》。琼瑶小说彻底塑造了我的爱情观——飞蛾扑火,甘愿赴死。

在《聚散两依依》里,男二号对女主角说:"在你眼中,爱情是神话，我喜欢你，但失去你，我也不会死掉。你希望的男人，是可以为你生、为你死的那种，我不是。"

男主角却截然不同，他说："从我们认识到今天、到未来——我反正等在这儿！你能狠心一走，我无法拴住你。但只要你回头望一望，我总等在这儿。"

许多年后，男主角始终遵守诺言，等待女主角回来。

男二号最终离场，对女主角说："你永远是神话里的人物，只能和相信奇迹的人在一起，我们之间没有神话，我也不想把你活埋。"

花季少女，为之痛哭。

我从未喜欢过洞悉一切的、得体的男二号，只是沉醉于山崩地裂、生死相依的爱情。

相信神话，并拥有爱的能力，即便受伤，也永不疲倦。

21—25岁是《老人与海》。青年时期读海明威，帮我度过人生开局所遭遇的困境。

风烛残年的老渔夫出海捕鱼，没有粮食、没有武器、没有同伴，花了整整两天两夜，拼命杀死比渔船还大的大马林鱼，打算上岸后把它卖了换钱。

在拖回战利品途中,他遭遇鲨鱼群袭击,用鱼叉、桨、舵把等杀死鲨鱼,但大马林鱼已被鲨鱼吃光,老人最终只拖回了一副鱼骨。

他说:"一个人可以被毁灭,但不可以被打败。"

人生太长,命运无数次想要击垮我们,逼迫我们放弃斗志、放弃尊严。

升学、择业、择偶、生子,一个又一个十字路口,你敢不敢选择自己想走的那条路?

失利、失恋、失业、失婚,是选择躺平沉沦、自暴自弃,还是选择愈挫愈勇、直面苦难?

真如渔夫一样,垂垂老矣时,依然敢与鲨鱼掰一掰手腕,知不可为而奋勇为之,此生可以无憾了。

26—30岁是《三大师传》。在这本书中我第一次见识到传记还可以这样写,它深刻影响了我之后写作中的人物创作。

蓦然回首,我发现自己正在渐渐靠近那些少时钟爱的"书中人"。

这是文化带给我的潜移默化的能量。

读书，的确可以塑造一个人性格的底色。

在这个年代，我们大家看同样的电影、直播、短视频，全民同吃一个"瓜"。互联网把人与人的距离拉得很近，也把我们变成同质的、千篇一律的面孔。

然而，在你读过的书里，几乎藏着你所有"独特"的气质。

想成为怎样的人，就去读怎样的书。

02 谋道不谋食

刚开始运营个人公众账号时，我格外关心每篇文章的阅读量，并为此感到深深的焦虑。

追过不少热点，仿过"咪蒙体"，也当过"标题党"，涨粉真的挺快。那些文章我都保留下来了，一篇也没有删除，它们都是我年少时走过的弯路。

然而，那时的粉丝黏度却不高，大多是被某篇醒目的标题忽悠过来的路人，稍有怠惰，就迅速取消关注了。

兼职写作，保持日更，搞得我精疲力竭。

广告费也不高，一年到头才挣个两三万，使得写作对我来说不再是快乐的事。

有一天,我突然看到一本书,里面讲:"君子谋道不谋食。"瞬间豁然开朗。

我从小就背《论语》,此前却没有真正领悟这句话。

对写作者而言,内容是"道",广告费是"食"。追求更多粉丝数、更高广告费而放弃精心打磨内容,就是舍本逐末,非君子所为。

于是,我不再刻意关心阅读量,转而关注起每一篇文字是否表达了最真诚的情感,能否对读者有一点点启发。

也不再追求日更,只在内心渴望表达、有"料"可以分享时才发文,粉丝数和阅读量都稳定了下来。

我这两年不大接广告了,由于物欲稀薄,主业的收入够花,写作变成一件更加纯粹的事了。

读书可以改变认知,而认知的改变,有时可以带来幸福。

职场中很多人觉得不幸福,那是因为很多时候,我们都只是在"谋食"。

如果我们不把一份工作当作简单的"打工",而是真正去做好一件事,可能也就不会觉得那么辛苦了。

老师的目光从课时费的高低,转到怎样把每堂课讲得生动易懂；记者不只盯牢车马费，而是更关注如何做好一期节目；博士不再绞尽脑汁在核心期刊发表论文，而是更关心如何解决领域内实际的问题；大厂程序员不再疲于应付系统bug，而是致力于编写流畅优美的代码……

君子谋道，能使我们从枯燥的工作中，获得踏踏实实的幸福感和成就感。

人生的意义，本就不是比较，而是完成。

03 大道不器

我读高中时，学校的校训是：大道不器。

这个词是出自孔子的"君子不器"。用今天的话来说就是不要当只有单一用途的"工具人"，要主动去思考，做复合型人才。

财务不要只会算账，编辑不要只会校对，厨师不要只会做菜……

世事无常，风云变幻。如果我们一生只会做一件事，路就会越走越窄。

以出版业为例。新冠疫情期间，有些主要依靠作家举办签售会，线下售卖图书的出版社，损失惨重；而有些出版社的编辑却迅速转变思维，利用全民居家的契机直播售书，凭借好口才分到一杯羹，图书销量反而大大增长。

往能力范围之外多探出的每一小步，都有可能成为你在"黑天鹅"事件中幸存乃至获利的方法。

樊登有一期短视频中提到了"无限玩家"这个词。我认为这个说法就是现代版本的"君子不器"。

樊登举例，苏轼一生都在被贬谪、被流放，在官场这个"有限游戏"中早就"game over"（游戏结束）了。但他却没有被困住，而是变身为"无限玩家"——被贬去黄州，他发现了黄州好猪肉；被贬去惠州时，他写下了"日啖荔枝三百颗"的名句；被贬去海南，他又发明了烤生蚝这道绝世美食。

论写诗，他留下了"不识庐山真面目，只缘身在此山中"的千古名句；论写词，他开豪放一派，与辛弃疾并称为"苏辛"；论写文章，他名列"唐宋八大家"。

他善书法，是"宋四家"之一，擅长"文人画"，还对医药、水利颇有研究。

青云直上的朝臣大多被历史所遗忘,而这位仕途多舛的苏轼却流芳千古。

康德提出"人是目的,而非工具"。我们应该不局限于成为某种狭隘的"器皿",不把自己活成为了世俗成功而拼杀的工具,保持好奇,拓宽边界,哪怕在世俗这场游戏中早早出局,也保有自己的立身之本。

这样的人,永远不会怕所谓的"中年危机"。

读书,在这个大变革的时代为我们每个人都提供了一种独特的活法,一种新鲜的思路。

读书,教会我用"谋道"的眼光看待世界,用"不器"的方法付诸实践。

世界观、方法论,求仁得仁。

我们正在经历的,前人早已给出答案。

使焦虑变成必然的,不是时代,而是无知。

永远自由自我,永远高唱我歌

01 命运不会因为你年轻,就仁慈一点

看电影《奇迹·笨小孩》时,片头写着:2013年,深圳。

我在2012年的秋天来到广州,在此生活了4年半。这部电影讲的故事,让我回想起许多那里的故人往事。

男主角景浩,20岁,爸爸早些年就抛妻弃子,妈妈因心脏病离世,留给他一个患有先天性心脏病的妹妹。

妈妈走后,男主角也就辍学了,靠维修手机来养活自己和妹妹。

妹妹 6 岁半,医生说要赶在 8 岁之前给她的心脏动手术,需要花费 30 万—50 万元。

朋友正好有一批刚被召回的残损手机,为了凑齐巨额手术费,男主角贷了款,花 10 万元买入,准备翻新后再卖出,预计能挣个八九十万,妹妹的手术费就这样有了着落。

他高高兴兴地去接妹妹放学,说:"哥捡了座金山。"

然而,让他没想到的是,政策变了。翻新机、山寨机突然成为被重点打击的对象,花 10 万块钱进的货全都砸在手里了。

金山一夜之间就变成了一座沉重的大山。

不但贷款还不上,他的维修店也被没收了。连房租都交不起,他只能借宿在街道养老院。

命运不会因为你年轻,就对你稍微仁慈一点。

后来,男主角找到残机的原厂家,和对方商量能否把这批货的元件一一给拆卸下来,由他们来回收。

如果这样的话,原厂家可以做一条完整的、环保的次级翻新机产业链。

然而,他的提议却屡屡被拒绝。

对方给出的理由是，国内目前还没有这样做的公司；而且拆下来的元件数量庞大、容易受损，质检也很难通过。

为了和原厂家的老板"谈判"，男主角在追赶火车途中，先后发生了两次车祸，最后带着一身血，站在老板面前。

终于还是谈成了，但是没有定金，没有厂房，他必须自己去雇人拆掉这批价值 10 万元的残机，并且质检通过率必须在 85% 以上。

于是，男主角雇来一群和他处境相似，在社会边缘徘徊的人——失聪女工、前劳改犯、轮椅老人、网瘾少年……

他耐心教这些员工拆零件。为了支付厂房租金和水电费，他甚至去当"蜘蛛人"，靠高空作业擦玻璃来挣钱补贴工厂。

这份工作确实高危，但却挣得多，可以勉强养着厂子。

面对堆积如山的残机，员工齐声说："这是愚公移山。"

没想到就快完工时，残机半夜却被人偷了。他和妹妹因为交不上房租，就睡在厂房里，听到声音赶紧出来追赶。

看到两个壮汉开着大卡车，拉着残机，一脚油门，想要溜之大吉。

Part 3　所有美好如期而至

卡车上装着的是妹妹的命啊！

男主角奋力跳上卡车，和两个贼厮打了一路，手指头都被弄断了两根。

最终，两个贼被警察抓到，才总算保住了残机。

警察对男主角说："为了一堆破手机，不至于吧。"

男主角说："至于。"

在很多时间节点，比如原厂家的老板轻蔑地认为，他只是为了"一夜暴富"才这么拼命时；在房东把他当成不交房租的无赖赶出家门时；在警察笑他为了一堆破手机不至于把命都丢了半条时，我总以为他会说："我是为了给我妹妹救命。"

他却从来没说过。

他只是看着摩天大楼，对妹妹说："我们刚来深圳的时候，这栋楼还没修好。你还这么小，（心脏）肯定能修好的。"

虽然断了两根手指，但他戴上手套，把伤藏好，继续当"蜘蛛人"。直到在高空作业时，桶掉在地上后才暴露。

"我真的很需要钱。"

失去了"蜘蛛人"的工资,厂房租金交不上,员工工资发不了,厂子眼看要彻底垮了。

好在他手下的员工同心协力,在各自的家中完成了最后的拆机工程。

颇为有趣的是,交工那天,男主角带着一群"老弱病残"来到原厂家,老板看见他们后问:"他们是谁?"

男主角说:"合伙人。"

最终,质检通过率达到87%。原厂家老板和男主角续签了一份两年价值500万元的合同,专门请他来做拆机。

后来,男主角的妹妹手术成功,各位"合伙人"在各自的领域也都有所成就。

结局真是皆大欢喜。

02 每一种奋斗都值得被尊重

我看电影时有一种特别强烈的代入感。

深圳的华强北,广州的岗顶,都是华南地区知名的电子城。

影片的故事发生在华强北，而我就读的学校，就在岗顶下一站。

在岗顶，我曾经见过无数卖手机、修手机的小哥，每一个人都有可能是影片里的男孩。

那是一个热气腾腾的地方，年轻的男孩背负着各自的梦想和苦难，永远喧闹，永远热血，在这个城市里创造着一个又一个的奇迹。

由此我想到我最好的一个朋友。

大二那年，家中突生变故，他不得不担负起照顾妹妹的重任。

当时他很需要钱，我就陪他一起，拿着自己拟的四不像"商业计划书"，去校门口的服装店，一家一家地和对方"谈生意"。

虽然我们没有任何知识储备和实战经验，但是店老板也没把我们赶出门去，只是说我们的想法很好，如果可以实现的话，他愿意投一部分钱。

后来因为种种原因，我们没有能完成那次"创业"。

那是 2013 年的广州，我当时还不到 20 岁。相信每一份奋斗都值得被尊重，只要敢想敢拼，我就值得拥有一切。

我当时的梦想是环游中国，为了实现这个梦想，我一直在努力赚钱、攒钱。

刚开始时，我每周末去给一个初中生当家教，一个下午能赚 200 块钱，每月至少能赚到 1000 块钱。

后来，这个孩子去了深圳读高中。我又谋到一份培训机构讲师的工作，工资翻倍，就是路程远了很多。

自此，每个周末要风雨兼程地早起，奔波在人潮汹涌的体育西路地铁站，但是我从没觉得有多辛苦。

看着银行卡余额一点点往上涨，我只是觉得很开心。

大二结束后，我已经修满学分，大学后两年基本上都在打工和环游中国。

工作一段时间攒够钱后，我就上路旅行。等到没钱了就回来继续打工。

22 岁时，我已经走遍了全中国。

03 和命运赌输了的大多数

我曾经做过很多职业，有的需要穿正装讲英文，有的需要化浓妆拿话筒，有的需要和小孩子打成一片，有的需要看稿子校对错别字……在广州做过那么多份工，却从来没有一个人问过我"你爸爸是谁"。

在"深圳速度"时代末期，我和这个城市里所有追梦的年轻人一样，和电影《甜蜜蜜》里从中国内地去香港淘金的李翘一样，硬颈①，务实，肯拼。

土里刨食，沙里淘金，这种自给自足的成就感，只有在特定的时代、特定的城市才能够拥有。

值得庆幸的是，那时我正在广州。

没有哪个在广东生活过的人，会不喜欢《海阔天空》这首歌。

---

① 广东方言，固执、倔强之意。

> 仍然自由自我，永远高唱我歌，走遍千里，原谅我这一生不羁放纵爱自由……

我的那些广东同学崇拜的黄家驹、周星驰都是出自普通家庭甚至贫苦出身，像《奇迹·笨小孩》里的主角一样，为了生存和梦想，拼了命地去挣钱，像一头小狼，也像一棵野草，拥有无比坚强的生命力和韧性，熬到最后终有回报。

他们是真正的"英雄不问出处"。

但我想，这也是《奇迹·笨小孩》的局限所在。

我学弟的爸爸从农村老家出来到深圳做保安，刚开始天天加班加点上工，10年后成为在深圳市中心拥有3套房产的中产阶级；我学姐读书时考取了业内全部资格证书，毕业后留在广州，长年每天工作15小时，7年后成为业内专家，给爸妈在老家潮汕盖了一栋3层小别墅；而在一线城市勤勤恳恳工作超过10年，连一个卫生间都买不起的人也比比皆是……

这些人，竟都生活在同一个年代。

那些没有经历、见证过白手起家和逆风翻盘的人，那些无论怎么努力都没有办法赢得应有尊重的人,那些"和命运赌输了"的人,那些曾经怀揣梦想北上却黯然离场的小人物,或许才是现实中的绝大多数。

在面对这部电影,面对这个"笨小孩"所创造出的"奇迹"时,我不禁会发出这样的感慨:"这些事情真的可能吗?"

后来,我再也没有像20多岁时那样单纯地坚信过"奋斗"。那种坚信,是坚信仅仅靠自己的一双手,踏实做事,够拼,够辛劳,就能活得挺拔,受人尊重。

毕生所求,不过是"体面"二字。

当影片的片尾曲《海阔天空》的前奏响起时,我突然感到一阵难过。

在漫长的岁月里,我看似拥有了"体面"的一切,却慢慢动摇了那种年少时曾经的"坚信"。而在时过境迁之后,又渐渐原谅了这种"动摇"。

选我所爱，爱我所选

01 爱情正在变成经济学

几年前，我曾经追过一部恋爱综艺，节目嘉宾年纪大多三四十岁，和早些年各大卫视推出的年轻俊男靓女类的相亲节目很不一样。

这档恋爱综艺的宣传文案是："青涩褪去，成熟未满，历经一场势均力敌的恋爱，冲破试探与克制，以更纯粹的姿态面对人生半途之爱。恰好棋逢对手，是爱的招数，也是爱的模样。"

如今，它已播到了第三季，我一季不落地看完了，对婚恋中的"选择"有了一种更深切的领悟。

第一季播出时，我在公众号上发文章表达了对其中一位男嘉宾"短短3期，居然换了3次心动人选"的惊叹之感。

这个节目是当代都市恋爱形态的一个缩影，爱情不再是一件深沉、厚重的事，而是变得愈发轻盈。

如今社交网络高度发达，认识一个陌生人、开始或结束一段关系都变得很容易。有的适龄单身男女的微信好友里，至少躺着不少于10个"可发展对象"。

向你说情话、道晚安的男生，可能转头出差时，就会去女同事的酒店房间畅谈人生；自称对你"一见钟情"的人，在跟朋友聊感情近况时，谈的可能是另一个女孩；约会过后太忙没顾上再联系，几周后对方或许已经结婚了……

人与人心相隔太远，充满试探和权衡——谁都想在那个"更有可能选择我"的人里，挑选一个条件最优越的，就这样把爱情变成了经济学。

综艺里有位男嘉宾一直"苦苦追求"同一位女生，观察团最不看好的却是他；而另一位"心动对象"切换自如的男嘉宾，倒是有着很高的呼声。

这位被苦苦追求的女生，一边享受着男二号的"全流程贴心服务"，一边为男一号与他人约会吃醋不已，但在面对男三号向她提问"你觉得谁最想选你"时，却不假思索地回答"你啊"，这样居然被认为是高情商、有魅力。

那些对待感情轻拿轻放的人，在不同异性间辗转腾挪、抽身自如的人，越来越适应当代爱情法则；而笨拙地坚持始终喜欢一个人，不问结果，反而成为一件可笑的事。

02 单身即地狱

韩国也有个同类型的综艺节目，邀请了5个男生和4个女生，在与世隔绝的"地狱岛"共同生活8天。这期间没有电子设备，没有娱乐设施，只能谈恋爱。

每晚顺利互选、"配对"成功的男女，就可以直接前往"天堂岛"，住五星级酒店，享受最豪华奢侈的约会配置。

这个游戏规则显得更加残酷和现实，落单之后不仅要承受心理落差，还要住在蚊虫肆虐的孤岛上；一旦"配对"成功，则可以吃牛排、品红酒、做 SPA，人性中趋利避害的一面被无限放大。

一个男生，第一天选 A，第二天选了 B，然后疯狂地迷恋上 B，但对方却无动于衷。为了逃离"地狱岛"，他选择了与"更容易得到的、主动与他搭话"的 C 共度一晚，真是令人咋舌。

一个女生，看到自己的初始搭档"见异思迁"，也果断选择攻略另一个男生，直接对他说出"你喜欢的人不会选你，你只有选我，才有更大的可能性逃离'地狱岛'"。

爱情里的理智和算计在此显露无遗，即便是脱离"地狱岛"的情景设定，也非常符合当代青年男女的恋爱观。

我常想，把自己珍贵的感情一次次轻易交付出去，然后进行比较、衡量、挑选，这样当真是对自己更负责任吗？

最终获选的人在午夜梦回时，想到自己曾被对方无数次上秤掂量、推拉砝码才能确定结成伴侣，会不会有那么一点点遗憾呢？

但在这个韩国综艺节目里，却有一个执着的"铁憨憨"。从第一期节目开始，他就坚定地选择了一位肤白貌美的女嘉宾,但是屡屡被拒绝,以至于一直未能逃离"地狱岛",最后荣升"地狱岛岛主"。

节目的游戏规则是:只有逃离地狱岛的人才能公布自己的真实职业。主持人开玩笑说:"会不会到最后我们都不知道他到底是做什么的。"

他每天都在岛上生火做饭,苦苦等待去天堂岛约会的意中人归来。他身穿黑色衬衫、短裤,那失望又无奈的背影和做饭的大铁锅融为一体。

面对女嘉宾无情的拒绝,同伴纷纷劝他放弃。但他依然执着地喜欢着她,每当赢得比赛获得奖励时,一定会与她进行分享;在集体活动间隙经常主动找她聊天,想要了解她更多一点;翻开一本《答案之书》,上面写着"持之以恒"。

后来,岛上陆续有新成员加入,新来的女生纷纷表达对"铁憨憨"的好感。他本来完全有机会逃离"地狱岛",然而,他却依然选择最初的她。

最终两人牵手成功,爱情温柔而坚定的力量令人感动。

原来,能被人坚定地选择,不衡量利弊,不计得失,远胜过一切浪漫。

03 激情、亲密、承诺

爱情三元论认为，一段完美的爱情包含激情、亲密和承诺。

如今，承诺日益廉价，激情常新，亲密的体验随着社交软件的日趋发达，变得愈发容易获取，在线同时与几人甚至几十人聊天，总有那么几个还算"聊得来"。

失去了承诺和确定性的爱情固然迷人，但轻飘飘的、短暂易逝的爱情却令人感到更加不安。

每次都能逃离地狱岛的人确实聪明伶俐，但在笨拙、坚定、纯粹的"铁憨憨"面前，那些善于拿捏、游刃有余的嘉宾却略显失色。

爱是诚挚，而不是攻心。

在择偶的道路上，一定会有更优解。只是当心头砝码落下时，你真的幸福吗？

Part 4
人间一场惊蛰雨

年轻的女孩都应该明白,人性本就是复杂的多面体,好看的皮囊具有相当的迷惑性,却终究容易逝去。一个人的风骨、心中的正义与善念,才是其真正可交的底线。

活成自己，已是一种勇敢

诗人顾城说过："一个人，生活可以变得好，也可以变得坏；可以活得久，也可以活得不久；可以做一个艺术家，也可以锯木头，没有多大区别。但是有一点，就是他不能面目全非，他不能变成一个鬼，他不能说鬼话、说谎言，他不能在醒来的时候看见自己觉得不堪入目。一个人应该活得是自己并且干净。"

之前做学生时读到这段话，颇为费解：一个人应该活得是自己，何解？

若一个人活得不是自己，还能活得是别人不成？

经历几番世事，如今终于明白，一个人按照自己的本心本性而活、"活出自己",是多么不容易的一件事。

世俗、亲友、主流价值,这些都在努力把你塑造成"别人"——别人家的小孩、别人家的妻子、别人家的妈妈。

但你值得更自由、更自主地生活,你值得拥有一个自己喜欢的人生。

我刚做策划编辑时,策划过一本季羡林老先生的传记,走访了很多季老的学生,从他们的言谈中能看出,他是一个坚守自我、灵魂干净的人。

他是一位著作等身的学者,活到98岁高龄,精通12国语言,通晓14门学科,在梵语、吐蕃语等研究领域的造诣也少有人能企及;他一生笔耕不辍,有两千万字的作品留存于世;他提出"教育必须破除重理轻文"的理念,让莘莘学子尤其是文科人才受益终身;他推崇的"天人合一""天下大同""文化自信",至今仍不过时。

在季老先生的一生之中,刻着"天道酬勤",也刻着"高洁自守"。

他是一位大师,也是一个传奇。

Part 4　人间一场惊蛰雨

01 寒门出贵子

由于家贫，在季羡林6岁时，父母便把他过继给经济条件较好的叔父，由叔婶把他抚养长大。

叔父见他天资聪颖，便送他去读私塾。私塾里的老师是前清状元，这让季羡林从小就接受较好的精英教育。

季羡林成绩优异，考大学时只报了清华、北大这两所顶尖高校。结果，他被两校同时录取。他最终选择了清华，专修德文。尔后，他被派往德国留学。

他原本打算在德国镀两年金就马上回国。没想到遭逢"二战"，阻断归途，季羡林回不来了。

在德国这一待，就是漫长的10年。

在此期间，因为无法联络，国内的亲友甚至不知道季羡林是生是死。

他的老师上了战场，他就跟着学识渊博、精通各个语系的师爷，心无旁骛地苦学了10年。

季羡林这样形容那时的自己——"无家无国，无可依傍"。

由此观之，季羡林先是受到传统国学的教育，长大后又深得西方文化的浸染，博古通今，中西贯通。

在他的整个生命中，没有一年是被浪费的。在他最好的青年时光，一直处于或主动或被动的求学状态，并始终接受着最优质的教育。

因此，人们都说"百年之内不会有第二个季羡林"。

正是这些传奇经历，才成就了这个独特时代下无法被复制的学术泰斗。

02 我放下过天地，却放不下你

因为6岁就离家，寄人篱下，季羡林从小便养成了拘谨内向的性格。

在读大学时，他的父母相继去世。

从他离开母亲去求学，到母亲离世这十几年间，他只见过母亲两面。这在季羡林心中留下了永远无法弥补的伤痛。

直到耄耋之年，谈及母亲时，他依然泪眼婆娑："世界上无论什么名誉，什么地位，什么幸福，什么尊荣，都比不上待在母亲身边。"

过早承受分离，从小就没有享受过父爱母爱，童年时几乎没有体验过亲密与依恋，这些使得季羡林的感情道路十分坎坷。

高中毕业后，奉父母之命、媒妁之言，季羡林与长辈选定的一位女子结婚。

妻子没有什么文化，跟国学修养深厚、渴望精神交流的季羡林几乎毫无共同语言。

这在那个年代是一种普遍现象，很多文豪才子都放弃了结发之妻，转而寻求有知识、有文化的新女性做自己的伴侣，如鲁迅和许广平、徐志摩和陆小曼、郁达夫和王映霞等。

但季羡林却始终没有逾矩。

也并不是没有遇见过让他怦然心动的女子。

在德国时，年轻的季羡林曾与房东女儿情投意合，他的书稿、文件都是由女孩帮他用一台老式打字机打出来，然后整整齐齐地放在书桌上。

但此生，他们只牵过一次手，此外再无其他。

季羡林出生于礼仪之乡山东，自幼接受传统文化的洗礼，因此对妻子怀有强烈的责任心，纵有过一丝心动，却始终恪守底线，坦荡忠诚。

感情本就是求仁得仁的事。

战争结束后，季羡林离开德国。房东的女儿终生未嫁。

若干年后，是否会有一个白发苍苍的德国女子，守着一张放有老式打印机的圆桌回忆往昔呢？

回国后，季羡林把妻子从老家接来北京。但因彼此感情淡薄，两个人一个住客厅，一个住卧室，就这样住了一辈子。

对她，他只知何为责任，不知何为爱情。

从季羡林身上，不难看到传统士人君子的精神。虽然留洋多年，但他骨子里依然固守传统的道德观念，用少年时代所学的四书五经约束自己、捆绑自己，为此不惜压榨个人幸福。

我不知这种儒学塑造的士大夫精神是否值得颂扬，但季羡林老先生大概当真是中国"最后一位士人"了吧。

03 天道酬勤

放弃了喜欢的女孩，也放弃了留在剑桥任教就可以获得的高薪职位，季羡林回到百废待兴的祖国，迎来了他人生中的黄金时代。

他选择在北大教学生、做学问，每天清晨4点半起床，他的卧室成为每天早上燕园亮起的第一盏灯。

季羡林戏称："不是我闻鸡起舞，而是鸡闻我起舞。"

他有一张破藤椅，每天中午都会在上面午睡。他担心在床上睡得太舒服，会睡得太久而浪费时间，所以只在藤椅上小憩。

由此，诞生了一幅著名的画作《三睡图》，藤椅上有午休的季羡林和两只卧在他身上的猫，此谓"三睡"。

面对世人投来的敬佩眼光，季老只是谦逊道："我这一辈子，只一个勤字而已。"

他不舍昼夜地与时间进行赛跑，一辈子勤于求知、勤于教学、勤于研究，是一位真正的学者。

他是在用生命进行创作,曾写下近80万字的《糖史》,堪称一部鸿篇巨制。

季羡林不是科学家,对科技可以说是门外汉,为何要写研究制糖历史的《糖史》呢?

他说:"我对科技史懂得不多,我之所以走上研究糖史的道路,可以说大部分是出于偶然性。与其说我对糖史有兴趣,毋宁说我对文化交流更有兴趣。"

糖,这一家中必备调料的背后,实则隐藏着一部遍及五大洲几乎所有国家的文化交流史,通过研究"糖"在世界范围内传播的过程,便可揭示人类文化交流史的重要方面。

而这样一部伟大的作品,季老竟是在70岁时开始写的,直到87岁方才写完。

他忘我地求知,甚至忘记了年纪和岁月。

04 牛棚杂忆

从困难时期一路走来,季羡林也曾经被批斗过。

但与那个时代诸多知识分子不同的是,季羡林从未心怀委屈、愤懑。他在思想上与彼时的国家保持高度一致，认为自己在"二战"期间偏安德国，的确没有在国家最艰难时为国效力，尽管这并非他本意。

这也是季老十分独特的思想。

正因为如此，他熬过了那段艰苦岁月。

他写下《牛棚杂忆》时表示他不传递仇恨，这只是"一面镜子"。

在阴云密布的年月里，季羡林也仍未放弃过学习。

他每天将一句梵文诗抄在小纸条上，趁四下无人时，取出来把它翻译成中文。即使在困难时期，也不放弃对文化的执着追求。

择一事，忠一生。

困难时期结束后，他开始整理译稿，整理出了有24000对对句的史诗级著作《罗摩衍那》。

无论是在情感、为人还是做学问方面，季羡林都坚守着某种士人精神，压榨了自己所有的乐趣、自由、欲念，似乎只是为了学术、尊严与精神而活。

现在，我也终于读懂了顾城的那句"一个人应当活得是自己并且干净"。季羡林堪当此谓。

他秉持高洁的精神，极端克己。在文坛、学界、政界，都深深受人尊敬。

尽管年事已高，被尊为"国宝"，季羡林仍保持平易近人，待人谦和的态度。

季羡林的所有学生到季羡林家中拜访，无论尊卑亲疏，离开时，他都会把学生送到门口。

05 高山景行

季羡林的伟大之处，还在于他能站在时代前沿，窥破大势所趋。

20世纪八九十年代，改革开放浪潮汹涌，崇洋之风初开，季羡林写出文章《三十年河东三十年河西》，劝导国人树立文化自信，切勿"富裕之后骨头却软了"。

他断言，21世纪，东方文化定会重焕辉煌，因为西方所追求的"用科技征服自然"理念若不加节制，不重环保，最终必将走向毁灭。

而中国古人从不与自然为敌，倡导无为、和谐、天人合一，也就是今人所说的"绿水青山就是金山银山"。

他还提出"大国学"理论，即国学既包括汉家、儒学，也包括少数民族的文化，甚至包括世界各地的文化，皆可取其精华，为我所用。

这些不断被时代印证的论断，都使得季老成为永远的大师。

98岁时，季老辞世，书桌上依然摊着未完成的手稿。

临终前一周，他还在坚持创作。

一代大师季羡林，他的人生过得诗意、敏感、坚韧，充满了奇特的矛盾与碰撞，或许这恰恰正是他的传奇之处。

高山仰止，景行行止，虽不能至，心向往之。

心理学家武志红说过："其实每个人都能感觉到，如果人生按照现在的方式继续下去会如何，自己想要的东西到底是什么，我们都能听到自己内在的声音，只是你听到了，但你并没有去尊重它。"

能按照喜欢的方式，活成自己，追寻自己真正想要的，本身已是一种勇敢。

随缘而遇，随遇而安

01 不合时宜

在我们身处的这个时代，谈论沈复的确有点不合时宜。

我们这个时代崇尚成功。身旁的声音，多是成功学、励志文，煲鸡汤，洒鸡血，热气腾腾地，鞭策人们向前冲，争做人生赢家。

红尘俗世，人们大多疲于奔命，劳心劳形。

"加班族"熙攘，"卷王"盛行。想红、想升、想富，对物欲、享乐、奢侈的执念，正在日益变得炙热且赤裸。

从心照不宣的默求，到大肆宣扬的高呼，或许是某种人性与文明的进化。

02 游戏人间的"躺平"人生

沈复其人,格外另类。

他一生没做过大官,甚至连小官小吏也算不上。

古时学而优则仕,仕途孱弱,自然逃不脱穷困潦倒。

看沈复笔下的《浮生六记》,多数时候,他是贫寒的,甚至到了食不果腹、衣难蔽体的程度。

受人追债更是家常便饭,为了躲债,他带着妻子到处奔波。

他绝不是成功之人。

他爱酒,爱花,爱诗书,爱游山玩水。

"日必小酌",没钱沽酒,便典当衣物,买酒来喝。

风雪途中,衫薄难耐,他竟然当了衣裳,换钱买酒,名曰"喝酒驱寒"。

酒,已经成为他朝夕相对的知己。

说来也难怪。

沈复的后半生，先后经历了妻亡、父丧、子逝。

家破人亡的寂寂余生，依然不离不弃陪他度日的，恐怕只有酒了吧。

谈及插花、养花、辨花，他留下了太多文字，可谓长篇大论；讲起游历山水，他更是不吝笔墨，落笔"浪游记快"，详述其见闻心得。

连逛妓院这等狎昵之事，亦写得津津有味，娓娓道来，当成人生一大乐事。

古往今来，许多文人墨客仕途失意，才高运蹇，继而转投诗词曲赋的温柔乡，以诗传世。

"忍把浮名，换了浅斟低唱。"

后人咀之，总能品出某种不甘之味。

纵是浅斟低唱，亦不忘"浮名"二字。

03 天之厚我，可谓至矣

可沈复却不同。

他自有一套独特的处世哲学：要照顾好自身这具皮囊，

酒肉伺候；也要善待皮囊之下的性灵，养性怡情。

洒脱，闲散，圆融。

他从不苛求自己，亦不苛求他人，对命运所有的赠予和风霜，都能做到泰然处之，好生受着。

做不成大官，不如归去，家有娇妻美酒，即使赋闲也是一桩美事。

妻子触怒公婆，公公逐她出门。沈复这个做丈夫的，既不讨饶，也不辩白，依了父亲的意愿，陪着妻子寄人篱下，他非但没有半句责怨，反而在新的寓所，畅游饮酒，美哉乐哉。

他相中了一个妓家的女儿，妻子从中撮合，为他谋妾。到头来，那女子竟被有钱有势的人掳了去，妻子痛心之余，常梦呓"为何负我！"

家中小奴携款逃跑，本就清苦的日子变得更加捉襟见肘，妻子气急咯血，害怕遭到勒索。

沈复反倒淡然安慰道："不必思虑过甚。若是图谋敲诈，应找富裕之家，你我一贫如洗，不过两肩挑着一张口，敲诈何物？"

命运没有赐予沈复多少厚爱与垂怜，反而夺去他挚爱的妻子和唯一的儿子。可他在《浮生六记》中开篇就写道："天之厚我，可谓至矣。"

他淡然地活着，淡然地待人待己，淡然地行走尘世。不疾不徐，不争不显，甚至还有点得过且过。

然而正因如此，沈复的文字，几两闲情，仙风道骨，从来不染人间烟火气。

即便没有家财万贯，但他依然过着更逍遥、更自洽、充满幸福感的人生。

不求沈三白这"随遇而安"的处世之道被大家认同和推崇，只希望各位看官，在滚滚红尘的跌宕奔忙之余，偶尔一瞥，得一隅红尘之外的闲趣。

好好在乎你自己

01 半熟恋人

单身一段时间后,身边陆续开始有人给我介绍对象。

30多岁相亲的感觉,和20多岁时完全不同。

我开始更重视自己的感受,也渐渐学会对他人的评价只是报以微笑,不再过多挂心。

前阵子,我看了一档恋爱综艺节目,里面有一期节目的规则是,女嘉宾向男生发出约会邀请,有两个男生同时收到了两个邀约。一位是35岁的CEO,另一位是1996年出生的在读博士。博士很苦恼,担心自己无法同时搞定两个约会,也很害怕伤害其中任何一个女孩，于是向 CEO 求教。

在后台接受采访时，CEO 说："现在的年轻人总是会放大自己的行为对他人的影响，同时也会被他人的行为和想法深深影响。"

导演问："那作为'半熟'的你呢？"

CEO 说："我会考虑自己的感受更多一点。"

在 CEO 的两个约会中，对于不喜欢的女孩，他只是礼貌赴约；而与自己喜欢的女孩约会时，则是积极安排行程，热情洋溢。

反观博士，他还计划在两个约会之间换衣服，让自己在两个女孩面前都呈现出最完美的形象，搞得非常疲惫。直到其中一个女孩发现他其实更倾心于另一位，于是对他说"只是因为上次你请我吃饭，我不想欠你人情，这次才约的你，耽误了你的时间，我很抱歉"，他才终于松了一口气。

年轻时，我们渴望全世界都喜欢自己，也深信自己的一言一行会搅动他人的心。但后来才渐渐发觉，真正在意我们的人，其实并没有那么多。

如果可以在不伤害他人的前提下，把自己的感受放在第

一位，尊重自己的内心，很多事情就都变得简单了。

脱口秀演员思文在她的播客里说过："很多女性都害怕衰老，但我身边有很多中年女性活得比年轻的时候要快乐得多。因为她们终于明白自己想要的是什么，比起在乎别人的声音，她们终于来到了一个更在乎自己的阶段。"

很开心，我终于也来到了"敬底气，也敬脾气"的30岁。

02 单身、结婚、离婚，都是为了幸福

因为没有再婚打算，我推掉了很多相亲局。那些三十岁以上的男生，有些只是想"找个老婆"，还有人说"条件合适的话，希望一年内结婚"。恨嫁的女生我没见过，"恨娶男士"我却见过不少。

我之所以离婚，是为了幸福，不是为了重蹈覆辙。

如果不能拥有疼爱、幸福、理解、接纳，那就没必要再进入一段亲密关系。

那段时间，我只见过一个男孩，他比我小几岁，却是一

个有才华而不世故的人，见了几面，相谈甚欢。

没想到过了不久，介绍人对我说，男孩很喜欢你，但男孩的妈妈却不同意，她介意你离异，说将来要是结婚摆酒席办婚礼，会让她在亲戚们面前脸上无光。

总有一些人喜欢给别人贴标签，在他们眼里没有具体的、活生生的个体，只有他们眼中的偏见和刻板印象。"离异"被视作一个族群，代表了一种羞耻，他们对其轻视、远离、一票否决，不愿意了解其真实的性格和离婚背后的真相。

介绍人抱歉地说："我跟她说你是个很好的姑娘，可以先接触了解一下，然后再下结论。大家都在一个城市，我甚至还想安排她和你见一面，但她却拒绝了，还坚决地说'离婚的女人，再仔细了解，能好到哪儿去？'"

假如这件事发生在我20多岁的时候，我定要愤慨不已，与之不共戴天，甚至为此失眠、纠结、难过、自我怀疑。

但我现在已经30岁了，只是淡淡地说："我和这个男生也才刚刚接触，现阶段即便她想见我，我也未必想见她。归根结底是我和她儿子在交往，合不合适是我们俩说了算，她的意见根本就没那么重要。当然了,如果对方是个只会听妈妈话的'妈宝男',刚好可以排除一个人生错误选项。我和她只是两个素昧平生的陌生人,她怎么看我与我无关,她说什么你也没必要告诉我。"

回溯这件事时,我忽然想起了曹雪芹,那位写出传世巨著的伟大作家,生前也曾被轻蔑、被羞辱过,只不过他不是因为离异,而是因为贫穷。

但他却用一部伟大的作品,证明了才华与文化的力量。

03 白玉为堂金作马

雍正五年,江南曾经出过一件大事。

曹家老爷犯了渎职罪,锒铛入狱。

曹家原本是江南第一富户。曹雪芹的曾祖母孙氏,之前做过康熙的奶妈,祖父曹寅与康熙"明里君臣,暗里兄弟"。因感谢孙氏养育之恩,康熙将江宁织造的肥差给了曹家。此后,曹家三代人,垄断此要职长达50余年,家大业大,白玉为堂金作马。

康熙六次南巡，四次由曹寅接驾。荣宠之深，场面之盛，借《红楼梦》里赵嬷嬷之口表达为"当真是千载稀逢"。康熙王朝六十年，曹家备受皇恩，红运当头，尽享人间富贵。

除此之外，祖父曹寅还是当时著名的藏书家，极其重视家庭教育。据传，曹府上下，上到年过七旬的祖母，下到点灯除草的佣人，无人不读书、不识字。

只是世事无常，朝堂洗牌，老爷倒台，大厦将倾，一时满门公子小姐皆被贬为庶民，家产也被朝廷尽数没收。

正月天里，寒风凛冽，曹家上下百余口，被迫从雨细风软的金陵迁往北京。

一个白衣飘飘的少年，立于秦淮河畔，久久不愿离去。

这是他记忆深处最后的温柔乡。

往后30余年，风雪漫天，再没有过无忧无虑的时辰。

这少年名叫曹雪芹，年方十二。

来到北京那天恰逢元宵节。曹家在城西一处老宅安顿下来，曾经的钟鸣鼎食之家，如今只有粗茶淡饭，箪食瓢饮。

元夕之夜，万家灯火正好，家里的小姐年幼，少不更事,只是吵嚷着想去看灯。

曹雪芹想起曾经的元宵节,曹府上下大摆宴席,琉璃光盏,何时需要出府观灯?心里不禁戚戚然。

没想到,赏灯回家,屋里已是一片狼藉。屋漏偏逢连夜雨,本已破败贫瘠的家宅,竟又遭遇了强盗,被偷盗、砸抢得所剩无几。

几经变故,曹雪芹的祖母去世,母亲病倒,保释出狱的叔父也闭门不出。

04 "白茫茫大地真干净"

还未成年的曹雪芹被迫撑起了这个风雨飘摇的家。

他曾厌恶八股,鄙夷科考,只喜欢和姐妹们在一起吟诗作赋,谈论风花雪月之事。

如今,为了振兴家族,曹雪芹发奋苦读,努力结交京城里的故人,他们对他父亲、祖父都景仰有加。尽管曹家如今家道中落,但人们对他们为人与学识的尊敬却丝毫不减。

曹雪芹盘点家中积蓄时,发现有藏书3000册。即便在艰难的迁徙流亡中，叔父也坚持带着这些书籍。因为他知道，名利富贵如浮云，终究会转瞬即逝，会因时局世情而改变。唯有读书，才是最好的家风，是无价的家产。

曹雪芹把家中所有藏书全部读完那年只有22岁。朝廷不但赦免了曹家，还给了他一个小职位，不但衣食有了保障，日子也开始渐渐好转。

曹雪芹有位青梅竹马的表妹，从小就立下婚约，后曹家落魄，表妹的父母意图悔婚。但是表妹与曹雪芹情深，执意与之成亲，最后终于喜结连理。据说表妹弱柳扶风，是林妹妹的原型。

只可惜好景不长，上苍并没有给他多少眷顾。史书未记，许是小人嫉妒，许是党争失利，10年后，曹雪芹丢了差事，同僚斥他为"罪臣后代"，不配在朝为官。

日子重新回到原点，而他挚爱的表妹，他心目中的"林妹妹"也溘然长逝。

事业与家庭的双重打击，让曹雪芹的人生黯然失色。

05 不惧落魄，不慕显赫

某天，当地一个土豪准备宴请宾客，请帖递到了曹家。此时曹雪芹已是一贫如洗，食不果腹，便前去混口饭吃。

酒足饭饱后，土豪掏出一块玉佩，趾高气扬地对曹雪芹说："你可曾见过我手中这样的上等好玉？"人们对于贫穷的嘲讽，从来都是这样赤裸。

借了酒意，那么多年埋在曹雪芹心里的委屈、寡欢和不得志，突然间有了一个释放的出口，他高喊道："我有比你这个好一百倍的通灵宝玉！"

自古虎落平阳被犬欺，他曾经亲眼见过金玉琉璃，却不得不在破屋烂瓦中苟且度日，在这些蝇营狗苟之人的舌尖上受尽屈辱。

他不甘心，不乐意，不想再继续受这些无知的市井小民的欺凌。他见过的美景，尝过的美食，赏过的美人何尝比这些人少呢？如今却成为落入鸡窝的凤凰，被鸡一嘴鸭一嘴啄得羽毛乱飞。

没有人知道曹雪芹的价值，他腹中的诗书和才华，并没有被这个世界看到。

面对命运的不公，有人随波逐流，有人自暴自弃，有人奋起反击，曹雪芹选择了最后一种方式来对抗宿命。

不慕显赫，不惧落魄，他偏要证明自己。

于是，历经"批阅十载，增删五次"，曹雪芹呕心沥血，写下了一部包罗万象的《红楼梦》，诗词戏曲，酒令灯谜，说书笑话，无不精善；琴棋书画，占卜星相，花果禽鸟，针灸烹调，巨细无遗；高官皇亲，仙佛鬼怪，尼僧伶人，盗贼醉汉，色色皆有。上通天文地理，下晓世情百态，《红楼梦》一书囊括无遗，堪称一部康乾盛世的百科全书。

曹雪芹把他所见过的、读过的、经历过的，都写了下来。

世人皆大为震惊。

他们绝对没有想到，在这样一个拮据到家徒四壁的房间里，还有人能写出如此富丽而深邃的小说。

06 人间破破烂烂，书籍缝缝补补

不论豪门还是寒门，高官抑或草民，读书是这世上唯一一种没有设置门槛的高贵。我们汲汲奔走，争名夺利，总是会被各种各样的人、事所阻拦，有时时运不济，命运也会来捣乱，然而，永远没有人能够阻拦你通过读书看到更高远的世界，成为更辽阔的自己。

"由来同一梦，休笑世人痴。"

曹雪芹的一生充满悲剧色彩，少年失怙，中年丧偶，晚年丧子，经历过大富大贵，也经历过一无所有。人生如戏，戏如人生，这句话在他身上体现得淋漓尽致。

但他终究是不朽的。

与他同时期的土豪、状元、文武百官都已灰飞烟灭，唯有曹雪芹因一部传世巨著名垂青史。

这是超越金钱、权力、世俗眼光的，才华的力量甚至足以与命运、生死抗衡。

我当然没有曹雪芹那样的绝世才华，但我也想在这里感谢读书和写作，感谢现在 30 岁的年纪和这些年经历过的沧桑，它们让我能够不被世人轻蔑的眼光、嘲讽的舌尖裹挟着跌跌撞撞，而是拥有立身之本，能够稳稳地立足于这个世界。

我只希望可以在书中找到自己的价值，也希望能通过写书，温暖更多的人。

人间破破烂烂，书籍缝缝补补。

回望来路，世事风刀霜剑从未止息。我一个人，也走了很远的路。

与人相交，底色远比皮囊重要

2020 年 12 月 2 日，我在知乎上回答过一个问题："留一句话，给三年后的自己好吗？"

2023 年 12 月 2 日，我回头看我的回答，顿时泪流满面。

我那时是这样作答的：

> 希望你一直开心，一直勇敢，一直有所相信。如果有一天你不再开心，不再勇敢，不再相信，希望你不要认为——"这就是人生"。

26 岁的自己，满怀希望；29 岁的自己，满目疮痍。

田园治愈剧《去有风的地方》里说:"人是在一瞬间长大的,别人都不知道,只有你自己知道的那么一瞬间。"

从 20 岁到 30 岁,我慢慢懂得的最重要的人生道理是人皆复杂。

有人其貌不扬,却心地善良;有人仪表堂堂,却败絮其中。

若论容颜,潘安可谓举世无双,但他的真实为人,却着实令人失望。

人美在骨不在皮,与人相交,底色远比外在更为重要。

01 掷果盈车

西晋,都城洛阳,阳光明媚。

一辆辂车从远处缓缓驶来。

车厢四面无遮拦,中立一柱,撑着伞盖,里面的人物尽览无余。

一位狩猎归来的少年端坐其中,眉清目秀,气宇轩昂,目光炯炯,英气逼人。

满街的女子都被这俊朗的面孔吸引了注意。矜持的少女悄悄斜睨着打量，上了年纪的妇女则大方站定着注视。

突然，从人群中传来一声："潘郎！"

一时间，姑娘们像是受到了某种召唤，你推我搡，涌向辎车，都想一睹少年俊秀的模样。

车夫见状一惊，赶忙快马加鞭，意欲逃离疯狂的人群。

女人们眼见心上人就要离去，分外不甘，忙把手里的花草瓜果冲马车扔去。

一颗红枣，一朵榴花，一束鸢尾，一把萝卜缨，就像是一颗颗爱慕的心，把车里的少年砸得十分狼狈，落荒而逃。

魏晋风流，可见一斑。

这少年便是潘安，因为绝世的美貌，给后人留下"掷果盈车"的故事。

据《世说新语》记载，潘安"妙有姿容，好神情。少时挟弹出洛阳道，妇人遇者，莫不连手共萦之。"

潘安不仅相貌出众，而且早慧，聪颖过人，乡人都称他为"奇童"。

12岁已才名在外，被父亲的好友杨肇定为未来女婿。20岁，被司空太尉相中，举荐秀才。

当了秀才之后，就有机会接近皇帝。

有一次，皇帝携众臣子去耕田，不过实则是为了作秀。

潘安伺机作了《藉田赋》，歌颂皇帝躬耕之事，辞藻清艳，声震朝野。

一句"一人有庆，兆民赖之"顿时令圣上龙颜大悦。

不料，潘安并未因此而升官，反遭同僚嫉妒，他们忌惮潘安的美貌与才华，生怕他有出头之日，联手把他赶到河南当县令去了。

此后，潘安仕途受阻，长达10年。

其实他年少成名，起点不错，却生生将一手好牌打烂。混迹官场30年，起落8次，最终被诛三族。

潘安一生的经历非常复杂，充满矛盾，汲汲于名利，却不善钻营；舞文弄墨，却无文人风骨。

一颗功利心，一身奴媚骨，枉了这副好皮囊。

02 花县令，拜路尘

被赶到穷乡僻壤当县令的潘安，最初一心为民，勤于政务。

那里北面是山，南面是河，一半丘陵，一半河滩，山多地少，不宜耕作。

于是，潘安号召当地百姓"广种桃李"，绿化荒山。

据史书记载，潘安为鼓舞百姓种树，在一只只风筝上写满了宣传语，放到半空后，人们好奇地抬头观望，互相奔走相告，一时间人尽皆知。于是，全县齐动员，开垦荒山。

潘安也是文学青年，多少有些文艺气息和小资情调，种树的同时还带领百姓种花。每到春天，林木丛丛，桃李处处，潘安因此而得名"花县令"，是方圆百里有口皆碑的好官。

可是，他并不因此而满足，他想要的更多。

曾国藩曾说："知足天地宽，贪得宇宙隘。"贪心，是潘安悲剧人生的根源。

他觉得以自己的才华和能力，在此乡野之地虚度10年，着实屈才。

于是，潘安布了另一个局。

潘安结交了两个当世权贵，一个是当朝皇后贾南风的亲外甥贾谧,另一个是土豪石崇。

他们一个有权,一个有钱。

据说,贾谧虽有些文才,但人品令人不齿,喜欢仗势欺人,穷奢极欲。

而石崇则是在担任刺史时假公济私、抢劫富商才发了家。

潘安不会不清楚二人的为人,却依然选择去投靠他们,加入"二十四友",成为贾氏外戚集团的御用文人。

为讨好贾谧,潘安时刻守候在贾府庭院外,一看到贾谧出门,马车扬起尘土,人立即下跪叩首,人称"望尘而拜"。

元好问作诗讽刺道:"高情千古《闲居赋》,争信安仁(潘安)拜路尘。"

凭借卑躬屈膝和曲意逢迎,潘安终于摆脱了做县令的命运,进京做官去了。

03 利欲熏心,被诛三族

贾后无子,一向对当时的太子暗藏杀心。

潘安是贾谧的人,贾后便想利用他来谋害太子。

她先授意潘安,写了一篇祷神文,又诈称皇帝抱恙,宣太子入朝,借机将其灌醉,拿出那篇文章,让太子抄写。

酩酊大醉的太子迫于贾后淫威,只能稀里糊涂地抄写了一通。

尔后,擅长模仿笔迹的潘安,将祷神文进行加工处理,变成了一封谋反书,大意是:"父皇你应当自己退位,如果不退的话,我就要逼你退位……"

贾后看后非常满意,呈交皇上,太子自此被废为庶人,不久后又被她活活打死。

在这场卑鄙狡诈的宫斗中,潘安的才华,成了杀人不见血的工具。

可惜,贾后很快失势。

时局阴晴翻覆,赵王兵变,尽诛贾后党羽。

潘安也在劫难逃,被"夷三族"。

在刑场上,他看到白发苍苍的母亲身负枷锁,引颈受戮。潘安肝肠寸断,跪倒在母亲面前,仰天长啸:"负阿母!"

潘安因为谄媚权贵,勾结奸佞,导致家族三代人被杀,包括父母双亲、兄弟姐妹及其妻儿夫婿。罹难族人中,只有潘安的侄子、侄女和弟媳侥幸存活,侄子不知所往,侄女不知所嫁,从此踪迹全无。

有人说,魏晋虽好,却不是属于平民的时代,文人也不过是政客的棋子。

但依然有人如王羲之、陶渊明、竹林七贤等,凛然桀骜地活着,洁身自好,流芳千古。

倘若潘安曾心存一丝善念、傲骨和敬畏,想必也不至被诛三族。

04 人心都是复杂的,而且深得像大海

尽管潘安唯利是图,《晋书》言其"性轻躁,趋世利",但他的至情至孝,直到今天依然为人称道。

潘安12岁订婚,娶妻杨氏,一生没有任何绯闻。

与妻子举案齐眉,人称"潘杨之好"。

在那个妻妾成群的年代,颜值倾城的潘安,竟能做到一

生只爱一人，实属难得。

杨氏 48 岁辞世，潘安守丧一年，再未续娶。

他写下情真意切的《悼亡诗》，开中国文学史悼亡题材之先河。

潘安的母亲年迈多病，为功名利禄奔走一生的他曾主动辞官，回家亲自喂羊、挤羊奶，照顾母亲，以孝而闻名于世。

他写《闲居赋》，清逸高雅，自云"不善钻营"，却因贪恋名利，成为他人的垫脚石。

在潘安身上，淋漓尽致地体现了人性的复杂和矛盾。

千年之后，人们津津乐道于"掷果盈车""潘杨之好""花县令"这些传说时，也对潘安趋炎附势、奴颜媚骨的品格嗤之以鼻，尤其是与阮籍、嵇康等魏晋风骨同世，更是增添了一抹讽刺的意味。

亦舒在《承欢记》里讲述了一个普通女孩突然发现与自己相恋三年的男朋友是富二代，一时喜忧参半。喜的是再也不用为了物质条件发愁，忧的是男友的真实身份竟对自己隐瞒了三年，她很难再信任他。

此时，女孩的父亲说："人与人相处，时间长着呢，你要慢慢处，慢慢品。"

我26岁闪婚，婚姻却并不幸福，因为在漫长的相处里，他渐渐卸下伪装，我才终于认清一个人。

谎言戳破之后，彼此的缺点，双方都无法接受，婚姻关系最终走向瓦解。

作家陀思妥耶夫斯基曾说过："任何人都是复杂的，而且深得像大海。"

年轻的女孩都应该明白，人性本就是复杂的多面体，好看的皮囊具有相当的迷惑性，却终究容易逝去。

一个人的风骨、心中的正义与善念，才是其真正可交的底线。

而这些底色，往往需要时间才能真正显现。

后记
你是自己的命运与福祉

01

写完这本书时,距离我第一次去寺庙做义工,已过去半年。

半年里,我不断想起师父的话,时常热泪盈眶。

师父说我走过许多弯路,似乎在人生的各个方面都遇到了许多障碍——求学坎坷、婚姻受阻、生育不顺、职场失意、买房被骗、对簿公堂……对一个不到30岁的人而言,这些坎坷随便遇上一个,都已是人生大不幸,我竟然全部经历,怎一个"苦"字了得。

人间一趟，快乐至上

早些年，父母对我颇多管束、期望，后来亲眼见证我的遭遇，深感我度日辛苦，重话不忍再说。

最迷茫时，我在寺庙。我永远记得师父对我的启迪：**广结善缘，增长智慧。**

那天之后，我踏上环球旅行之路，在路上交了许多朋友，也尽己所能地行善利他。

在非洲，我看见居民楼破败不堪，3层住着住户，1层、2层皆是废墟；也看见在墙壁断开巨大裂缝的危楼里，还有人在洗衣服、打电话。离开非洲前，我把一些干净的衣物打包好，装进手提袋，放在那些危楼的门口，写上"donation"（捐赠），赠给有需要的人。

在欧洲，火车站的长椅上躺满了流浪的难民，马路上随处一个街角，都有可能堆放着流浪汉的被窝。在巴塞罗那集市，我把刚买的西班牙火腿，送给了在门口乞讨的男子，他看起来神志并不清醒，狼吞虎咽地吃完了。

这些对我来说都是小事，但如果有人会因此而感到一点快乐、一点温暖，那我的这场环球旅行，就没有白来一遭。

后记　你是自己的命运与福祉

02

回国后，我邀请朋友们来我家做客，她们把我家当作京津冀地区的旅行大本营，白天外出特种兵式旅游，晚上住在我家里，节省了一大笔酒店的开支，我很高兴能为她们做些力所能及的事。

我加入了慈善基金会，为贫困山区的孩子捐图书，虽然力量微薄，没有更大的财力，却也想奉献一些能力范围内的爱心。

闲暇时，我常去山里的寺庙做义工，帮忙打扫、洗菜、洗碗，在山里的日子总是很宁静。

与出版社的商务合作，我不再像从前那样盛装出席高档餐厅，正襟危坐地谈判，而是邀请编辑老师们到我家里，像一家人一样吃饭、聊天。他们都是非常优秀的出版人，如此看重我的才华，是我之幸。

有同行说，你现在有了一些好作品，稿费应该开价更高了，但我对外合作的稿费标准并无变化，图书市场不景气，作者和编辑理应风险共担,一起成长,我不想让出版公司压力太大。

诗人鲁藜曾说:"老是把自己当作珍珠,就时时有怕被埋没的痛苦。把自己当作泥土吧,让众人把你踩成一条道路。"

我甘愿把自己当成泥土。我把自己看得很轻,也放得很低。三人行必有我师。

我读了更多书,不断追问、思考、复盘,因为愚者不是不痛苦,只是对自己的痛苦无法言说,人一定是越清醒越幸福。

师父的两条人生建议,我始终铭记。

03

走过重重关隘,迈进30岁的门槛,我的人生好像突然变得轻快起来。

离婚官司结束,两方和解,尽管我割让了许多利益,但这段婚姻总算平平安安地告一段落。到了谈判的最后阶段,对方家庭竟也言辞和缓——"念及你在这段婚姻中吃了很多苦，再婚不易……"婚前婚后，这样的恳切之词我从未听过。

我在京郊买的房子，之前疑似"被诈骗"，在邻居们共同的努力下，如今也拿到了网签合同，虽然房本仍遥遥无期，但总算有了一点进展。

虽然已经硕士毕业，但我还想再多学一个专业，于是报了夜校的本科课程，2025年春天就可以拿到另一个学士学位了。

困扰我多年的鼻炎、脱发、长痘、进食障碍都渐渐好转，随着春天的到来，我的身体也在一点一点焕发新的生机。

源源不断地有出版社向我约稿，我终于可以成为一个全职作家了，这个机会来之不易，我很珍惜。

周围亲友与我的关系也变得更加亲密，我很希望自己能成为一个对他人有所助益的人。渡人就是渡己，向善即是向佛。

广结善缘，增长智慧——努力做到这两点之后，我的人生也越来越顺，更重要的是，我拥有了内心的宁静与安稳。

04

明朝官员袁了凡早年算命时，算命先生说他仕途顺遂、命中无子、53岁寿终正寝。

了凡深信不疑，直到遇见云谷禅师，禅师说："命由我作，福自己求。"

每个人的命运啊，其实都是自己造就的，每个人的福祉，也要靠自己去求得。

了凡于是开始积德行善，从前种种，譬如昨日死，从后种种，譬如今日生。他在天命之年得子，活到古稀之年方才离世。

他以亲身经历，写下了"东方第一励志奇书"《了凡四训》，告诫自己的孩子：不要被"命"字束缚手脚，人一定可以改变自己的命运。每个人的道德修养和幸福感是画等号的，如何能让命运变好，就要通过积德行善去积累福报。

梭罗说："大部分人过着沉默绝望的生活，所谓的听天由命即是根深蒂固的绝望。"

后记　你是自己的命运与福祉

过往的经历告诉我，即便命运生而坎坷，你还是有机会做出改变，不必绝望，不要投降；即便输在起跑线上，你还是可以成为更善良、更谦卑、更乐于助人的人。这样的人无论贫富，一定会活在幸福里。

我只想让你从我的故事里，生出一点信心。未来一定会好起来的，因为你，永远是自己的命运与福祉。

永志不忘，小姑娘。

李梦霁
于塔希提岛

出品人：许　永
出版统筹：林园林
策划编辑：郑　磊
责任编辑：许宗华
特邀编辑：张春馨
封面设计：MM末末美书
内文制作：万　雪
印制总监：蒋　波
发行总监：田峰峥

发　　行：北京创美汇品图书有限公司
发行热线：010-59799930
投稿信箱：cmsdbj@163.com